KEITAI
SHOUSETSU
BUNKO
野いちご SINCE 2009

クールな同級生と、

秘密の婚約!?

SELEN

JN167579

◎STARTS
スターツ出版株式会社

カバーイラスト／加々見絵里

ある日突然、政略結婚のために婚約することに!?
相手はなんとクラスメイト!!
意地悪な婚約者なんてイヤだったのに、
いつの間にか大切な存在になっていて——。

†…。..。…*†*…。..。…*†*
明るくまっすぐだけど恋には鈍感
来栖 亜瑚 / Kurusu Ako
×
クールな学校一のモテ男子
如月 湊 / Kisaragi Minato
†…。..。…*†*…。..。…*†*

「俺が意地悪なの、知らなかった?」
「そんなかわいい顔されたら、止まらなくなる」
「俺の全部、やるよ。俺はもう、亜瑚のものだから」
「だから、亜瑚も全部俺に預けて。不安になんかさせない
くらい、愛してやるから」

ドキドキの同居生活に激甘注意報♡

contents

☆ 私が妻で、あいつが旦那に!? 9

初めての気持ち 41

家族ということ 53

バタバタな一日 89

まだ知らない君の顔 113

ヤキモチ 119

ふたりで見る景色は 127

きっかけ 155

すれ違い 163

もう一度、家族に	183
甘い君	195
波乱だらけの体育祭	217
愛を見つけた日	243
私だけのフィアンセ	255

特別書き下ろし番外編

修学旅行	266
誓いのキスを、君と	316
あとがき	330

私が妻で、あいつが旦那に!?

【亜瑚side】

　私のクラスには、学校一モテる男子がいます。
　その名も、如月湊くん。
　容姿端麗、スタイル抜群、成績優秀、運動神経抜群な彼は、女子からはモテモテ、男子からも一目置かれる存在で。
　だけど、そんな彼には人には言えない、ある大きな秘密がありました。
　それは――。
「カレーのルー、買ってきた」
「わ！　湊、ありがとう！　めちゃくちゃ助かった……！」
「カレー作るのに、ルー買い忘れるとかどんだけ抜けてんの」
　秘密の花嫁がいるということ。

　――時は遡り、今年の４月。高校２年生に進級した、新学期初日。
「新しい先生、誰かなぁ」
「ふふ、優しい先生だといいわね」
　私、来栖亜瑚は、親友の佐倉玲奈と新しい教室に向かって廊下を歩いていた。新学期初日ということもあり、廊下は話に花を咲かせる生徒でひしめいている。
　玲奈は、中１の時に同じクラスになってからの親友だ。
　家が日本舞踊の教室ということもあり、ひとつひとつの所作が綺麗で、大人っぽい玲奈。
　そんな玲奈と、また同じクラスになれたことに、気持ち

が舞いあがってしまう。同じクラスになるのは、なんとこれで通算5回目だ。
「亜瑚は、クラスに誰か知ってる人いた？」
「ううん。私はとくに。玲奈は？」
「私もいなかったわ。あ、でも、賑やかなクラスになることは間違いなさそうね」

人差し指を立て、名探偵さながらに言う玲奈。でもワトソンもとい私は、玲奈の言葉がピンとこず、きょとんと首を傾げた。
「え？　どうして？」
「如月くんが同じクラスなのよ」
「ああ、なるほど〜」

"如月湊"。その名前に、私も聞き覚えがあった。

『同じ高校生活を過ごす中で、彼を一度も好きにならない女子なんていない』なんて、そんな噂がたつほどのモテ男子だ。

ルックスが整っているのはもちろんのこと、女子に媚びないクールさがいいのだとか。そんな如月くんが笑うところを見たことがある女子は、ほんのひと握りらしい。

だけどあいにく、私はその如月くんとは接点がない。女子に取り囲まれながら歩いているのを、遠くから見かけたことがある程度。

たしかにカッコよかったけど、本当に噂どおり同じクラスになった途端、好きになったりするのだろうか。そうだとしたら、なんだかおもしろいかも。

そんなことを考えながら歩いていると、やがて階段に差しかかった。２年生の教室は２階にある。１年生の時は１階だったけど、これからは毎日階段をのぼらなければならない。
　階段の中腹辺りまでのぼった時。私はふと、玲奈のスクールバックから、なにかが落ちそうになっていることに気づいた。
「あ、玲奈、扇子が」
　学校から帰って、そのまま舞踊の稽古（けいこ）をするのだろう。玲奈が愛用する扇子が、今にも落ちそうなくらい飛び出してしまっている。
「え？」
　玲奈がこちらを振（ふ）り返った反動で、扇子がぽろっと飛び出してしまった。
　いけない、玲奈の大事な扇子が……！
　宙を舞う扇子を、腕（うで）を伸（の）ばしてなんとかキャッチ。
　ほっと安堵（あんど）したのも束の間、私はそのポーズのままはたと固まった。
　ん？　そういえばここ……階段、よね？
　気づいた頃には時すでに遅し。足下への注意がおろそかになった体が、うしろに向かって大きく傾いた。
「……亜瑚っ！！」
　耳に届く、玲奈の悲鳴にも似た叫（さけ）び声。
　私、やっぱり落ちてるーっ!!!!
　玲奈が助けようと手を伸ばしてくれるけど、とっさに扇

子を渡したのがやっと。傾いた体は重力に逆らうことができなくて、襲いくるであろう衝撃と痛みに、ぎゅっと目をつむって構えていると、突然背中全体がなにかに包み込まれるような感覚を覚えた。

　え……？　なにが起こったの……？
　状況を把握するため、ゆっくり瞼を持ち上げた私は、思いもよらない光景に、眼球が飛び出さんばかりに目を見開いた。
「なっ……」
　私の声を奪ったのは、突然視界に飛び込んできた、如月くんの顔。
　そう。私は、お姫様抱っこの形で、如月くんの腕の中にすっぽりと収まっていたのだ。
　如月くんが助けてくれたの……？
　……というか……あの王子にお姫様抱っこされちゃうなんて……っ！
　至近距離でこっちをまっすぐに見下ろしてくる、如月くん。
　ミルクティー色の柔らかそうな髪。そして長い睫毛に縁取られた宝石のような瞳、すっと伸びた鼻梁、薄く形のいい唇、陶器のような白い肌。どこを見ても隙がなくて完璧だ。
　こんなイケメンに見つめられ、その上少女漫画みたいなシチュエーションに置かれて、ドキドキしない女子なんてこの世にいるのだろうか。いるはずがない。

胸が痛いくらいに高鳴ってる。
　如月くんはなにも言わず唇を引き結び、ただ私の目をまっすぐに見つめている。
　もう、そんなに見つめないでよ……っ。心臓が限界なんだから……っ。
「……きさ、」
「あんたさ、」
　沈黙に耐えられなくなった私の声を遮(さえぎ)るように、不意に如月くんが唇を薄く開いた。
　如月くんの声が胸の奥(おく)まで響(ひび)いて、うっとりしてしまう。イケメンは声まで綺麗なのね……。
「いい歳(とし)こいて、フリフリのうさぎちゃんパンツ履いてんのな」
　そう、フリフリの……って、あれ……？
「……ん？」
　私は笑顔を貼りつけたまま首を傾けた。
　今、なんて言った？　幻聴(げんちょう)かな？
　するとダメ押しをするように、如月くんがクールな表情を浮(う)かべたまま、さらりと言い放つ。
「パンツくらい考えて履けよ。うさぎちゃんパンツ」
　……な？
　な……な、なんだってぇ————ッッッ!?!?

「うぇぇん」
「まぁまぁ。亜瑚、そんなに落ち込まないで」

学校からの帰り道。絶賛落ち込み中の私は、優しい玲奈に慰められていた。
「づぅー」
　でも、急落したテンションは簡単には戻らず。
　だって、よりにもよってあんなヤツにパンツを見られてしまった。小学生の頃だって、男子に見られたことなんてなかったのに。
　『うさぎちゃんパンツ』って、あんなに連呼しなくたっていいじゃない……！
　ルックスは抜群でも、あんな意地悪だなんて、最低だ。
「んー、まぁ、席順はどんまいとしか言えないわ」
　私の背中をぽんと叩きながら、玲奈が哀れむような笑みを浮かべる。
　そうなのだ。"如月"と"来栖"で、教室の席順が前後になってしまったのが、とどめの一撃だった。
　席に座る時も小声で『お、うさぎちゃんパンツだ』としっかりからかわれた。
「パンツを見られるなんて……。私もう、お嫁に行けないよ〜」
　この一件を気に病んでお嫁に行けなかったら、あいつのせいだ。
「大丈夫よ。泣かないで、亜瑚。笑顔と元気と明るさが、亜瑚のいいところでしょ？」
　私を励ますように明るく持ちあげた声で言って、ね？と小首を傾げる玲奈。

「うう、玲奈ぁ～！」
　女神のような親友に、私はベショベショに濡れた顔のまま抱きついた。

　玲奈に元気づけられた私は、そのあとすっかり機嫌を直し、帰宅した。
　両親に声をかけるため、工場の入り口の錆びついたドアを開ける。
「ただいまぁー！」
　大きな声で広い空間に向かって呼びかけるけど、返事はおろかなんの音も聞こえてこない。
　私の家は、自営業で製鉄所を営んでいる。
　でも、なかなか経済的にも厳しいのが現実。小さい会社でも最初は順調だったものの、斜陽産業だからここ最近は経営が厳しくなってきている。
　このドアだって、時間の問題で外れそうだ。
　ガタガタしたドアを、心許なく見あげたその時。
「「亜瑚ー！」」
　お父さんとお母さんが、工場の奥の方からこちらに向かってすごい勢いで走ってきた。
「な、な、な、なに!?」
　驚いて逃げ腰になった私は、そこでふと、駆け寄ってきたふたりが神妙な表情をしていることに気づいた。
　なんとなく、イヤな胸騒ぎがする。
「急にどうしたの？　ふたりとも、そんなマジメな顔し

ちゃって……」
「……亜瑚に話さなくてはいけないことがあるんだ……」
　神妙な面持ちのまま、お父さんが口を開いた。その隣では、辛そうな表情でうつむいているお母さん。
　そういえば、いつものこの時間はまだ稼働しているはずの工場に、今日は電気がひとつもついていない。
　工場を包む異様な雰囲気から、お父さんの言う『話さなくてはいけないこと』が悪報であることは一目瞭然だった。
　なけなしの勇気を振り絞り、おそるおそる尋ねる。
「な、なに……？」
「あのな、実は……」
「うん……」
「うちの工場は倒産するかもしれないんだ」
　目を伏せたまま、悲痛な声音でお父さんが告げた。
「え!?」
　あまりにショッキングな内容に、ズクンと心臓を鷲掴みにされたような、そんな息苦しさを覚える。
「見てのとおり、経営が厳しくてな……」
　嘘……そんな……。そうしたら、私たち家族はどうなるの……？
　頭が真っ白になる。『倒産』という言葉が、鎖のようになって胸を締めつける。
「でもな、この間、父さんの高校時代の先輩にばったり出くわしたんだ。その先輩は同業者で大きい製鉄工場の社長なんだよ」

「うん」
「それで、先輩に今の工場の現状を伝えたら、資金援助をしてもらえることになったんだ」
　えっ!?　資金援助ってことは……。
「それじゃあ、倒産しなくてもすむってこと!?」
　一筋の光に、ぱっと明かりがついたように、心が軽くなる。
　でも、なぜかふたりの表情はどんよりと曇ったままいっこうに晴れない。
「あぁ……。でもな、それには条件があるんだよ」
「条件？」
　眉間にシワを寄せ、険しい表情をしたお父さんが、低く押し込めた声で答える。
「亜瑚を将来、その社長の息子に嫁がせること」
「…………えっ？　え？　えぇぇ!?」
　一瞬、事態を把握するのに時間を要したあと。自分でも聞いたことないほど大きな声が、ひどく静かな工場に響き渡った。
　将来嫁がせるって……じゃあ、婚約させられるってこと!?　私が!?　婚約!?
「そんな……」
「無理にと言ってるわけではないんだ。父さんも母さんも、亜瑚の意見を優先したいと思ってるから、思いを聞かせてほしい……」
　顔を歪ませ、申し訳なさを声ににじませるお父さん。

だけど私は、労わる言葉なんて見つけられず、泣きそうになりながらふるふると首を横に振った。
「……ごめん。そんなこと急に言われても、どうすればいいかわからないよ……」
「亜瑚……」
　すごく、混乱してる。簡単に受け止めきれる話じゃない。
　なにが起こっているのか、どうするべきなのか、なにひとつわからなくて、真っ白になった頭を整理したくて。
「ごめん、ちょっと頭冷やしてくる……」
　私はふらふらと外に出た。

「はぁ～……」
　近所の公園のベンチに座り、大きなため息をつく。
　私が、婚約……？
　そんなのあまりに夢みたいな話で、ふわふわしすぎて現実味がない。
　だってまだ現役バリバリの高校生。私もいつかは……と憧れてはいたものの、突然こんな展開になるなんて、想像したこともなかった。
　どうしたらいいんだろう……。
　答えの見つからない難題に「はぁ～」とまた大きなため息をついた時。
「――あ、うさぎちゃんパンツ」
　不意に背後から、誰かに声をかけられた。
　私のことをこんなふうに呼ぶのは、ひとりしかいない。

「あの、うさぎちゃんパンツって呼ばないでくれますか？ 如月くん」

振り返ると、ポケットに手を突っ込み涼やかな表情を浮かべる如月くんが立っていた。

う……っ、無駄にカッコいいのが腹立つ。

そういえば、家が同じ方面だったっけ。たまに、女子に囲まれて登下校する如月くんを見かける。

でも今は如月くんに構ってる時間なんてない。重大な考え事をしているのだから。

「悪いですけど、私今忙しいので」

そう言って、これ以上話すことはないということを示すように、ふいっと顔を背ける。すると。

「なんかあったのかよ」

「え……？」

私の心を読んだかのような言葉に、思わず動揺して、如月くんを見る。

「なんで……？」

「誰もいない公園で、ため息ばっかりついてたら、なにかあったかと思うだろ、普通は」

『あんたはばかか』と言いたげな視線を向けられ、私はうっと言葉を詰まらせる。

「で？ あんたはなにを悩んでるんだよ」

そう言いながら、私の答えを待つような間を取る如月くん。

話していいか迷ったけど、事情を知らない人のほうが逆

に相談しやすいし、相談に乗ろうとしてくれる如月くんに少しだけ気を許したのかもしれない。私は目を伏せ重い口を開いた。
「うーんと……家族の幸せをとるか、自分の未来を優先するか、悩んでました」
「へー」
「如月くんだったら、どうしますか？」
　答えを求めるように如月くんを見つめる。すると、如月くんは迷う様子もなく口を開いた。
「俺だったら、失いたくない方を優先する」
「失いたくない方……？」
「そりゃあ、どっちも大切だろうけど、それでもどっちか決めなきゃいけない時は、失いたくない方を選ぶ。失いたくないってことは、自分にとってそれだけ重要ってことなんじゃないの？」
「そっか……」
　私はずっと、幸せな結婚生活を夢見てた。素敵な人に出会って、恋に落ちて、素敵な家庭を作って。
　でも……このままだったら、私たち家族はさらに辛い生活を強いられるんでしょう？
　私が不自由なく高校に行けるように、切りつめて家計をやりくりしてくれている、お父さんとお母さん。
　『大丈夫』って言っているけど、毎日毎日働いているふたり。
　もし私が婚約して、この苦しい現状が変わるなら。これ

が親孝行になるのなら——。
　最後まで自問せずとも、私の気持ちは決まっていた。
「……ありがとう、如月くん。なんだかスッキリしました」
　立っている如月くんを見あげ、笑顔を向ける。
　如月くんのことは苦手だけど、今のアドバイスはなんだかすごく腑に落ちた感じがする。もしかしたら、思ったよりもいい人なのかもしれない。
　すると、涼しげな表情を保ったまま、如月くんが口を開いた。
「べつに。悩んでるとさらにぶさいくになるんだから、笑ってる方がまだ２割マシって思っただけ」
　……は、い？　今、なんて？
　突然投下された爆弾に固まっている私をよそに、何事もなかったかのようにすたすた歩いて行く如月湊。
　プチンと私の中のなにかが切れて、小さくなっていくうしろ姿に向かって思わず叫んだ。
「この……最低最悪男～～っ!!!!」
　いい人だなんて一瞬でも思ったのが間違いだった。
　即、前言撤回させていただきます！

「ただいまー……」
　頭を冷やすつもりが、如月湊のせいで逆に疲れて帰ってきた私は、お父さんとお母さんに聞こえるように言いながら、工場のドアを開ける。
　そんな私の元に、ふたりが心配そうに歩み寄ってきた。

「亜瑚、さっきは突然あんなことを言ってごめんね」
「なぁ、亜瑚。母さんと話し合ったんだけど、婚約はやめよう。政略結婚なんて、やっぱりダメだ」
「え？」
「母さんも父さんも、亜瑚には好きな人を見つけて、その人と幸せな人生を歩んでほしいのよ」
　お父さんとお母さんの私を思ってくれる気持ちに、じんわり熱を持つように心が温かくなる。
　心配してくれて、ありがとう。
　……でもね、亜瑚は決めたんだよ。私、家族を守りたいの。大好きなお父さんとお母さんの笑顔を守りたい。
　だから——。
「私、……婚約する！」
　意思の強さからか、思ったよりも大きな声が出て、工場に響いた。
　そんな私に、揃って目を丸くするふたり。
「あ、亜瑚……!?　亜瑚の人生がかかっていることなんだぞ!?」
「いいの！　それでちゃんと工場が立て直せるなら！」
「——あぁ。もちろんそれは約束するよ、お嬢さん」
　私の決意表明に答えるように、不意にどこからか聞いたことのない声が返ってきた。
「え？」
　声が聞こえてきた方——工場の入り口を振り向くと、そこには知らないおじさんが立っていた。

古びた工場が似合わない、いかにも品のいい紳士って感じの男の人だ。
「先輩じゃないですか！」
　弾(はじ)かれたように、お父さんが驚きと動揺に満ちた声を張りあげる。
　ということは、このおじさんが資金援助してくれる人なんだ……！
　先輩らしいけど、お父さんよりよっぽど若く見える。
「いやぁ、お話があって立ち寄ったんだけれども、素晴らしいお嬢さんだということがあらためてわかってよかった」
「いやー、そんなそんな……」
　爽(さわ)やかな笑顔と思わぬ褒(ほ)め言葉に照れていると。
「ちょうど今日は息子も連れてきたんだ」
「えっ……!?」
　おじさんの思いがけない発言に、私はびくっと体を揺らした。
　おじさんの息子ということは、私の婚約相手ということだ。
　突然訪れた、旦那さんになる人との対面に、爆発しそうな勢いで心臓が暴れだす。
「入ってきなさい」
　おじさんが入り口の方に呼びかけた。
　あまりの緊張(きんちょう)に、肩(かた)に、そして体全体に力がこもる。
　どんな人なんだろう……。

姿が見えないままこちらに近づいてくる足音に、大きく息を吸い込んだ、その時。
「失礼します」
　入り口の方から聞こえてきた声に、私はぴくっと眉をあげた。
　……ん？　なんか、聞き覚えがある気が……。
　そして、ドアの陰から現れた姿に思わず絶句した。
「……っな……」
「初めまして。如月湊と申します」
　そこには、憎きあいつ──如月湊が立っていた。
　彼は、お父さんとお母さんに姿勢よく挨拶すると、呆然と立ち尽くす私に向かって、ふっと意味ありげに笑ったのだった。

　そして、30分後。
　私は今、如月くんの住むマンションの前に立っている。
「はははは……」
　想像の範疇を斜め上に超えてくる展開に、乾いた笑いしか出てこない。昨日までは、こんなことになるなんて思いもしなかった。
　あのあと、あれよあれよという間に荷物をまとめさせられ、気がつけば『正式に婚約したんだから』と、ひとり暮らしをしている如月くんの家に移り住むことになった。
　どうやら、如月くんのお父さんはひとり暮らしをしている如月くんのことが心配らしく、一緒に生活してほしいと

頼まれたのだ。
　というか、まさかあの如月くんの家に将来嫁ぐことになるなんて……。
　もう！　いろんなことが一度に起きて、なにがなんだか頭が追いつかないってば！
　教科書を詰め込んだスクールバッグを抱えたまま、ひとり悶々としていると。
「おい」
「わっ！」
　背後から突然声をかけられて驚き振り向くと、如月くんが迷惑そうな顔で耳を塞いだ。
「いちいちうるせ……」
　不機嫌さを隠そうともしない声音に、思わずびくっと肩をすくめる。
「……な、なに？」
「そんなとこで、口開けてぼさっと立ってるなよ」
　そこで私はふと、如月くんが私のボストンバッグをさりげなく持ってくれていることに気がついた。
「あの、そのバッグっ……」
「こんな荷物あんたひとりじゃ持てないし。ほら、ついてこいよ」
　あれ……？　如月くん、優しいとこもあるじゃない。
「ありがとう！」
　思いがけない一面を見つけられたことが嬉しくて笑顔でお礼を言うと、如月くんは煩わしげに視線をそらした。

「……うるさい」
　うっ……。相変わらずローテンションな返事だ。
　でも、ここでめげるわけにはいかない。
　お父さん、お母さん。私、がんばるからね……！と、心の中で呼びかけ、如月くんの背中を追った。

「おじゃましまーす」
　室内に一歩足を踏み入れた私は、綺麗に整理されている部屋に思わず驚いた。
「綺麗にしてるんだね！」
「そー？　普通じゃない？」
「男の人のひとり暮らしって、なんかこうもっと、ぐしゃぐしゃーってしてるかと思ってたの！」
　腕をぐしゃぐしゃーっと動かし、乱雑な部屋を表現するように大きくジェスチャーをすると。
「……ふっ。なにそれ」
　不意に、如月くんが涼やかな表情を崩して吹き出すように笑った。
　学校ではクールな表情しか見せないから知らなかったけど、目を細めて笑う姿はなんだかあどけない。素敵な笑顔をする人なんだなあ、如月くんって。
　レアな笑顔が見られて、なんだか私まで嬉しくなってしまう。
　すると、そんな私に気づいた如月くんが柔らかい笑顔を消し、むすっとしたように眉間にシワを寄せた。

「ニヤニヤしてんじゃねぇよ」
「ニヤニヤしてないし!」
「ったく、あんたといると、なんか調子狂う……」
「ん? なにか言った?」
「なんでもない」
　顔をそらすようにそう言いながら、如月くんはリビングの手前にあるひとつの部屋の前で立ち止まった。
「この部屋、あんたの好きにしていいから」
「えっ!? でも……」
　たしか1LDKで、リビング以外の部屋はここしかないって言ってたはず——。
「もともとあんまり使ってなかったし。女はいろいろ置くもんとかあるんじゃねぇの?」
　あんまり使ってなかったと如月くんは言うけど、そんなはずはない。だって、この部屋以外に寝室として使える部屋はない。きっと、昨日まで当たり前に使っていた部屋を私に譲ってくれたんだ。
「如月くん……。ありがとう」
　じんわりと胸が熱くなって、お礼を口にした、その時。
　——ぐ〜。
　いい感じの雰囲気をぶち壊す、情緒の欠片もない音が部屋に響き渡った。
　……あっ!? お腹が鳴ってしまったー!!!!
　仮にも旦那になる人の前でお腹を鳴らしちゃうなんて、なんたる失態……!

まるで人生終了かのごとく青ざめる私の頭上に、ふと声が降ってきた。
「ふっ。あんたって、考えてることまんま顔に出んのな」
「え?」
　声につられて顔をあげると、そこにはこちらを見下ろす如月くんの、人を嘲るような端正な顔。
「ほーんと単純。ガキみたい」
　ん? ばかにされてるの? されてるのよね? これは。
　デリカシーのない反応に、ふつふつ怒りを湧かせていると、如月くんが急に甘さを含んだ声で言った。
「そんなお子ちゃまには、俺が夕飯作ってやる」
　……へ?

　そして30分後、私の前には、何品ものほっかほかの夕ご飯が並んでいた。オムライスにチキンのソテー、コーンスープ、サラダまである。
「わぁー! すっごくおいしそう!」
「ま、俺が作ったから」
　テーブルの反対側に座り、さも当然というように言う如月くん。
「じゃあ、早速。いっただっきまーす!!」
　そう言うやいなや、ぱくっとスプーンいっぱいにオムライスをすくって頬張ると、途端に優しい味が口の中に広がった。

「んー！　おいしいー！　ほっぺた落ちちゃう〜」
　あまりのおいしさに頬を押さえ、舌鼓を打つ。
　帰宅してから慌ただしくて、いつの間にか空腹になっていた体に、オムライスのおいしさが染み渡る。
　料理もできるなんて……。悔しいけど、やっぱり如月くんはすごい人だ。
「ねぇ、如月くんは婚約するっていつから知ってたの？」
　スプーンを持つ手を止め、私はテーブルの反対側に座る如月くんに尋ねた。
「知ってたっていうか、17歳になったら婚約するって決まってたようなもんだから」
「そうなの!?」
　今時そんな決まりがあるなんて、当事者になったとはいえ驚きだ。
「親父があんたの親父さんに会って、ちょうど俺が昨日17歳になったから、こういう流れになったんじゃないの？」
　なるほど……。というか、如月くん、昨日誕生日だったのか……！　新情報だ。
「そういえば、婚約したんだから、お父さんだけじゃなくて、お母さんにも挨拶したほうがいいよね？」
「いい」
　食い気味に答えた声が、少しだけさっきまでより硬い気がした。
　でも表情は変わってないし、私の気のせい……？
　如月くんがそれ以上口を開く様子もなかったので、続け

た。
「それにしても、如月くんがひとり暮らしだったのはびっくりだったな。どうしてひとり暮らししてたの?」
「親父は単身赴任状態だし。俺が望んでひとり暮らししてた」
　婚約の決まりのことといい、如月くんの家もいろいろあるのだろう。
　とはいえ、いつお母様にお会いしてもいいように、身だしなみは常にしっかりしていないと。如月くんのお母様なんて、モデルや女優みたいに綺麗な人だろうし。
　と、その時。
「あ」
　不意に如月くんがなにかを思い出したように声をあげた。
「ん?　どうしたの?」
「そういえば、まだ婚約っていう状態だけど、それでも高校側にバレたらどうなるかわからないから。結婚したら退学っていう校則があるらしいし」
「うそ!?　ほんと!?」
　バレたら相当マズい。せっかく高校に通わせてもらっているのに、すべてを水の泡にする事態はなんとしてでも避けねばならない。
　焦る私に、腕を組んだ如月くんが冷めたトーンで忠告してくる。
「あんた、危なかっしいからな。バレるようなマネするなよ」

「なっ……」
　むっかー！　口を開いたかと思えば、また上から目線で人をばかにしてる発言！
「如月くんこそ、気をつけてよね！　バレるようなマネしないでね！」
　イライラの勢いで残りのご飯をたいらげる。
「そんなにかき込むと太るよ」
　やけに涼やかな声に、さらに神経が逆撫でされる。
　こんなヤツが旦那になるなんて……やっぱりイヤ！
「ご馳走さま！」
　派手な音を立てて椅子から立ちあがり、食べ終わった食器を洗いに、キッチンに行く。
「あ。あと、」
　背後で如月くんの声がする。
　また、イヤミを言うつもりね！　ふんっ！　誰が聞く耳持つもんですか！
　──怒りながら食器を洗う私は気づかなかった。如月くんの腕が、背後から伸びていることに。
　気づいた時には遅かった。いつの間にか私の体は、如月くんとシンクに挟まれていた。
「え、如月く……」
　口を挟む間もなく、如月くんの顔が私の顔の真横にきていて──。
「あんたさ、婚約者なんだからふたりでいる時くらい湊って呼べよ。な、亜瑚？」

甘い吐息が耳に、耳に、耳に……。
「……っきゃー!!」
　引越し早々、マンションには私の叫び声が響き渡ったのだった。

　次の日の朝。実家から持参したエプロンを着け、目玉焼きを皿に盛りつけていると。
「……はよ」
　リビングのソファから、如月くん――湊が目をこすりながら起きてきた。
「おはよう！」
「お、朝飯だ」
　湊が、テーブルの上の朝食を見て驚きの表情を見せる。
　それを見て満足する私。
　テーブルの上には、ご飯に焼き鮭、おひたし、味噌汁が並んでいる。手料理一発目だから、腕によりをかけて作ったのだ。
「さ、食べよう！」
　焼きたての目玉焼きをラインナップに加え、ひとつのテーブルに向かいあわせに座る。
「「いただきます」」
　ぴったり声が重なり、湊が箸を手に取った。
　湊は、私の手料理を食べてどんな反応をするだろうか。おいしいかな？　味付け、口に合うかな？
　箸を胸の前で握りしめ緊張している私をよそに、湊がお

ひたしをつまんで口に運ぶ。そして。
「あ、んまい」
　眠そうだった目をパッと開いた。
「ほんと!?」
「ま、合格点かな」
「やったー!!」
　湊の言葉に思わずガッツポーズ。自分が作った料理をおいしそうに食べてもらえるのは、やっぱり嬉しい。
「あと、はい。お弁当!」
　テーブルの端に置いていた、朝イチで作ったお弁当を渡すと、湊は驚いた顔でお弁当を見つめる。
「え?」
「どうせ、購買のパンばっかり食べてるんでしょ?　お弁当でしっかり栄養とらなくちゃ!」
　すると、湊がぷっと吹き出した。
「あんた、ほんとにお節介だな」
　ななっ!?　人がせっかく作ってあげたのに、なにその言い方!
　文句を言おうとしたけど、湊が再び口を開いた。
「でも……さんきゅ。助かる」
　あれ……?　柔らかく微笑んだ湊が、なぜかすごくキラキラして見える。
　状況についていくのに必死でつい忘れていたけど、やっぱり湊ってイケメンだ……。少なくとも私はこんなにカッコいい人見たことない。

意地悪だと思っていたけど、ときどき優しいし、こんなにも柔らかく笑うのだ。彼がキラキラして見えるのは、きっと見た目のせいだけじゃない。
　湊のそういう面に、同居をスタートしてみて、初めて気づくことができた。
「なに見てんの」
「え？　あっ、あぁ、ごめん……」
　長い間見つめてしまっていたことに気づき、慌ててうつむく。
「あんたさ、学校までひとりじゃ行けないだろ」
「あぁ、うん……」
　言われて気づく。そういえば、引越したばかりだから、この家から学校への行き方、知らないんだった。
「俺が連れてってやるから、準備してこいよ。ま、同じ家から出てきたってバレないように、だいぶ距離空けて歩くことにはなるけど」
「あ、ありがとう」
　意識してしまっているからか、返事がぎこちなくなってしまう。
　恥ずかしさをごまかすように、私は黙々と箸を進めた。

　朝食をとりながら、私たちは学校生活に関するルールを決めた。
　①学校ではなにか連絡の必要があるときは、メッセージアプリでやりとりをする。

②直接話をするときは、クラスから離れた空き教室を使う。
　③登下校は基本的に別。
　④登校は、湊が先に家を出る。
　どれも、私たちの関係がバレないためのルールだ。
　そして、ルールどおり時間をずらして私たちはマンションを出た。
　だけど湊ってば、家ではあんなに悪態ばかりついてるけど、さすがはモテモテ男子。バレないように、マンションのエントランスの物陰から様子をうかがうけど、マンションを出るとあっという間に女子に囲まれる様には驚きを禁じ得ない。
　本人は我関せずって感じだけど、すれ違う人も思わず振り返るほどのオーラを放っている。
　それは学校でも同じで。
　うしろの席に座っていても、湊の席に視線が集まっているのがわかる。
　すごい。すごいと思うけど、でも……。
　……なんだろう……。なんか胸がチクチクする。
　さっきまで、家でギャンギャン騒ぎあっていたのが嘘みたいで、なんだか寂しいと思うのは、どうしてかな……。
　自分でも正体のわからない、もやもやした感情を抱えたまま席に座っていた、その時。ブブブ、とスカートのポケットの中でスマホが揺れた。
　なんだろうと思いながらスマホを取り出し、確認してみ

ると、ディスプレイに表示されたメッセージの送信者は、目の前に座る湊で。
《なに黙（だま）りこくってるの》
　……なっ!?　な、なに？
　湊のことを考えていたタイミングで、本人から不意をつくようにメッセージが送られてきて、思わずディスプレイに向けた目を見張る。
《ごめん、なんでもない》
　慌てて返事を打つと、すぐにまた湊からメッセージがきた。
《それならいいけど。変なこと考えてるんじゃないかと思ったから》
　思いがけない文面に、ドキンと心臓が揺れる。
　私のこと、気にしてくれてたの？
《ありがとう。心配してくれて》
《べつに》
《まったく素直じゃないんだからー》
《うるさい。でも、なんかあったら言えよ。一応（いちおう）、目の前の席に婚約者がいるんだから》
《頼（たの）もしいね》
　返信しながら思わず頬を緩（ゆる）めたその時、チャイムが鳴った。チャイムと同時に、待っていたかのように教室に入ってくる数学の先生。
　チクチクとささくれだっていた私の心は、柔らかい毛布にくるまれたように温かくなって。

目の前の湊の背中が、頼もしく、そしてとても大きく見えた。
　……実は今夜、湊にサプライズを計画している。
　よぉーし！　今晩の予定、絶対成功させてみせるんだから！
　ふつふつとやる気がみなぎってきて、まわりから見えないように、私は小さくガッツポーズをした。

☆
☆
 ☆
  ☆

初めての気持ち

【湊side】

チャイムが鳴り、今日の授業が終わった。

教室内は、部活に行く準備をしたり、友達同士でしゃべったりしているクラスメイトで、ガヤガヤと騒がしい。

ちらりとさりげなくうしろの席を振り返ると、亜瑚は……いない。亜瑚の席はいつの間にかすっからかんになっていた。

慣れない道をひとりで帰れるのか？　あいつ、なにも考えずに突っ走りそうだよな……。

『迷子になっちゃったぁー！　助けて、湊ぉー！』

そう言って泣きながら電話してくる光景が、容易に想像できる。

「はぁー……」

手のかかる婚約者に、大きなため息をついた時。

「湊」

不意に名前を呼ばれて振り向くと、幼なじみの武原祐馬が立っていた。

大きな黒縁メガネと、鮮やかな金髪が祐馬のトレードマークだ。

「ん？」

「ちょいちょい」

そう手招きされ、俺は祐馬に促されるまま教室の隅に移動する。

「なに」

すると祐馬があたりを気にするように、口の横に手を当

て、声を潜めて尋ねてきた。
「湊さ、一昨日誕生日だったけど、本当に婚約したん？」
　小学校からの付き合いだから、祐馬は例の決まりも知ってるし、小学校からの俺の事情も知っている。隠す必要も否定する必要もなく、俺は正直に答えた。
「まぁ、一応は」
「すげぇー！　相手どんな子？」
　昨日出会ってからの亜瑚の姿が、頭の中を駆け巡る。
「んー、うるさい」
「ははっ」
「……でも、眩しすぎるくらいまっすぐなヤツ」
「へぇ」
「同じクラスだから、今度紹介する」
　そう言うと、メガネの奥の祐馬の瞳が上機嫌にアーチ型を描く。
「おっ！　それは楽しみっ♪　ってか、旦那さん、新婚なんだから早く帰ってやれよ。奥さん、待ってるよ」
「そんなガラじゃないし、まだ籍は入れてないし」
　からかう祐馬にふっと笑い返すと、俺は踵を返し机に戻った。
　まぁ、今日はまっすぐ帰るか。ひとりでなにかやらかしてそうだし。
「……湊」
　スクールバックに手をかけたところで、ぽつりと俺の名前を呼ぶ祐馬の声が背中にぶつかった。

「ん?」
「その子のこと、ちゃんと愛せるようになるといいな」
　反射的に振り向くと、祐馬はいつものふざけた顔じゃない、真剣な顔でこっちを見ていた。
　……やっぱり、祐馬には逆らえないな。
　祐馬とは小学校に入学してすぐ、たまたま席が隣になって仲よくなり、そこから中学、高校と同じ進路を進んできた。幼なじみであり、腐れ縁だ。
　お調子者に見えて、人のことをよく見ている祐馬。
　俺は、いつでも自然と隣にいてくれたこいつを、一番信頼してる。
　だからこそ、祐馬がどんな思いで言ったのかわかる。そして、それに答えられない自分がいることも。
　俺は目を伏せると、なにも言わず、祐馬に背を向け教室を出た。

　マンションの部屋のドアの前に立つ。
　あのあと、先に帰った亜瑚から連絡がきた。ティッシュとか、生活用品を買ってきてほしいとのこと。
　それでスーパーに寄っていたから、結局遅くなってしまった。
　ったく、先に帰っておきながら人使い荒いな、あいつ。
　そんなふうに心の中で文句を垂れながら、亜瑚が待つ部屋の前に立つ。
　らしくなく、どこか緊張している自分がいた。それほど、

誰かが家にいる感覚は久々で。
　そっとドアノブに手をかけると、鍵は開いていた。
「……ただいま」
　慣れない言葉を口にしながら、ドアを開けた時。
　パァーンッ！と突然、破裂音が玄関に鳴り響いた。
「……っ？」
　目を点にしている俺の前に、クラッカーを持った亜瑚が満面の笑みで走ってくる。
「湊、お誕生日おめでとー!!」
「え？」
「ほら、湊、一昨日誕生日だったんでしょ？　でも私、お祝いできなかったから、今日しようと思って」
　亜瑚がまだ立ち尽くしている俺の手を取り、部屋の中へ促すようにぐいぐいと引っぱる。
「ほらほらー、入って入って！　誕生日会しよ！」
　リビングに入ると、折り紙の輪っかのチェーンや、花折り紙や風船で、部屋一面が華やかに飾りつけられていた。
　正面には『湊、お誕生日おめでとう!!』と書かれた大きな画用紙が貼られている。
「どうどう？　学校から帰ってきて急いで飾りつけしたから、クオリティーは低いんだけどね。時間稼ぎに買い物頼んじゃってごめん！」
　あはは、と亜瑚が笑って頭をかく。
　……これ全部、こいつがやったのか。俺の誕生日を、わざわざ祝うために。

『お誕生日おめでとう!!』の文字が踊る画用紙を見つめながら、俺はぽつりと呟いた。
「……ほんと、あんたはやることがお子ちゃま」
「なっ!」
「でも、さんきゅ」
　素直にお礼を口にすれば、反論しかけた亜瑚が満足そうに笑う。
「うふふ。どういたしまして!　あっ、夕食の準備しなきゃ!」
　そう言うと、亜瑚は慌ただしくキッチンに走っていった。
　そのうしろ姿を見つめ、俺は思わず苦笑する。ほんと、一日中騒がしいな。
　……でも、昨日いきなり婚約者になった俺のために誕生日会開くとか、変なヤツ。
　パーティー会場みたいに飾りつけられた、リビングを見回す。
　ひとりでえっさえっさと部屋の飾りつけをする亜瑚の姿が思い浮かんで、気づけば俺はぐっとこぶしを握りしめていた。
　どうして、こんな俺のために。戸惑いからか、胸にできた古い傷が、きゅっと締めつけられるように痛んだ。

　それからしばらくして、テーブルの上が亜瑚の料理でいっぱいになった。エビフライ、パスタ、ポテトサラダ、ハンバーグまである。

「どうどう？　豪華じゃない？」
　亜瑚が得意そうに、料理の前で仁王立ちをしている。
「ま、俺の婚約者としては当然」
「もー！　素直じゃない！」
「ほら、ピーピー騒いでないで食うよ。せっかくの料理が冷める」
「それもそうだね！　よし！　食べよう！」
　あっという間に機嫌を直した亜瑚がテーブルに着き、グラスを持った。俺もグラスを持つ。
「2日遅(おく)れちゃったけど、湊、お誕生日おめでとー!!」
「さんきゅ」
　俺たちはグラスを合わせ、乾杯(かんぱい)をした。
　それにしても、亜瑚の料理の腕はすごい。レパートリーは豊富だし、レストランに並んでも遜色(そんしょく)ないクオリティーの料理ばかり作る。
　しかも、ひとりでこれ全部準備するなんて、どれだけ大変だっただろう。
　ちらりと視線を上げると、当の本人はおいしそうに表情をとろけさせながらハンバーグを頬張っている。
　普通、知らない男と婚約させられたら少しくらい反発するだろうに、こいつは俺との生活が円滑に進むよう家事を進んでしてくれる。
　そもそもこの婚約だって、遊びたい盛りの女子高生がいきなり結婚相手を決められたっていう形なのに。
　それでも亜瑚は、自分の生活よりも親や、親の会社を優

先させたのだ。人のためなら、とことんがんばるタイプなんだろう。
「ねぇ、湊」
　パスタを食べていた手を止めて、不意に亜瑚が声をかけてきた。
「ん？」
「その、さ、あの……」
　自分から話しかけてきたくせに、もじもじと口ごもっている亜瑚。
「なんだよ」
　焦れったくて言葉の先を促すと、亜瑚はおずおずと口を開いた。
「いや、あの、湊って人気すごいんだね」
「は？　人気？」
「ほら、学校でも、女子から熱い視線浴びちゃってるし」
「だからなに」
「えっ!?　いや、べつに……」
　亜瑚が頬を赤くしながら、不自然に目をそらすようにうつむく。
　……はははーん。こいつは……。
「もしかして、妬(や)いてんの？　亜瑚ちゃん？」
　わざと試すように顔を覗(のぞ)き込めば、途端に亜瑚の顔は茹(ゆ)でダコみたいに真っ赤になった。
「や、妬いてなんかないもん！」
　いや、図星なの、バレバレなんですけど。

こんな小学生でもわかるような嘘、初めて聞いた。
　……やばい。こいつ、おもしろいかも。
「ま、未来の妻の要望なら、この旦那様がいくらでも構ってやるよ」
「はっ!?　い、意味わかんない！　構ってもらわなくったって平気だもん！」
　亜瑚がそっぽを向く。でも強がってんのがミエミエ。
　いちいち反応がおもしろくて、なんだかいじめたくなる。
「ふーん。じゃ、いーや」
　わざと突き放すように言って再びパスタを食べ始めると「……あっ！」と亜瑚が焦ったような声をあげた。
「なに？」
「いや、あの……ちょっとくらいは、構ってくれても……いいんだよ……？」
　……あれ？　なんだこれ。
　薄い涙の膜で瞳を潤ませ、上目づかいで見つめてくる亜瑚。
　顔を赤くしてるのがまた……。
「……っ」
　これが、窮鼠猫を噛むってやつ？　なんか、不意打ちをくらった気が……。
「わかったよ。構ってやる」
「えへへ」
　我ながら素っ気ない返事をしたのにもかかわらず、嬉々とした声をあげ、すごく嬉しそうに笑う亜瑚。

……物心ついた頃から、俺の将来はなんの色もない日々のくり返しになるのだろうと思っていた。

　仕事で忙しい親父は"あの事件"を境に俺をひとりにしないようにと、婚約という決まりを作った。

　俺を気にかけてくれる気持ちはよくわかっていたから、なんの反発もしなかった。むしろ、早く結婚相手を決めることで親父が俺に気兼ねすることなく働ける環境ができればいいと思っていた。

　でもその一方で、そんな婚約がうまくいくはずがないだろうとも思っていた。なんの関心もない相手と婚約し、たいした関わりを持つこともなく、結局心の中はひとりぼっちのまま暮らしていくのだと。

　でも今は、亜瑚と一緒なら……こんな日々も悪くはないのかもしれないと思う俺がいて。

　そんなことを考えていたからだろうか。

「……誕生日ってなんで祝われるんだろうな」

　ふと、心の声が口から漏れた。

　思わず声に出たひとりごとに、亜瑚が目を丸くして顔をあげる。

「湊……？」

「あ……、べつに、なんでも……」

　不自然なことを口走ったことに気づき、思わず口ごもる。

　やばい、俺、今変なことを言った。

　ごまかすように、炭酸水が注がれたグラスに口をつけた時。

「……それはね」
　不意に声が届いて、はっと向かい側に座る亜瑚を見ると、彼女は微笑みながら俺を見ていた。
「『生まれてきてくれてありがとう』って感謝されてるからだよ」
　あ……。
　穏やかに紡がれる声が、俺の傷口を覆っていく。
「今日まで生きてくれてありがとう、これからも元気に毎日過ごしてねって。私はそう思ったから、湊の誕生日をお祝いしたの」
　そう言ってこっちをまっすぐに見つめながら、あまりにも無垢に笑ってる亜瑚。
　──なぜか俺は、たまらなくなって。
「……、ばか」
「へ？」
「やっぱ、お子ちゃま」
「また『お子ちゃま』って、あんたねーっ」
　騒いでる亜瑚を無視して、椅子を立ち、食べ終わった皿をキッチンに持っていく。
　──なんでもないフリをしたけれど。
　心臓が痛いほどにドッドッと低い音を立てて鳴っている。
　なんだか、いても立ってもいられなくなった。なにも言い返せなくなった。
　なんだよ、あいつ、偉そうに……。

まるですべてをわかったように。

　食器を洗い終えてリビングに戻ると、亜瑚は座ったまま、テーブルに突っ伏して寝ていた。
　さっきまであんなにピーピー騒いでたのに、もう寝たのか。
　そっと上体を倒して横から覗き込むと、脳天気で幸せそうな寝顔をしている。
　俺の手はいつの間にか、亜瑚の頬に伸びていた。
　だけど触れる直前ハッとして、温もりを覚えないまま拳を握りしめる。
　俺は、こいつを、愛することはできない。きっと、これからも。
　さっきの亜瑚の言葉が、頭の中でこだまする。
　『生まれてきてくれてありがとう』か……。
　まだ胸がざわついている。また"あのこと"を思い出している。
　俺はやっぱりまだ過去に縛られていて、きっとこれからも縛られていくのだろう。だから、誰のことも愛せない。
　俺は、生まれてきてはいけなかった人間なのだ。
　なにも知らずスヤスヤ眠る亜瑚に視線を落としたまま、俺はぎゅっと握りしめた拳を解けずにいた。

家族ということ

【亜瑚side】

　湊の家に引っ越して、1週間が経った。湊とは、それなりにうまく共同生活を送っている。
　お風呂上がり、自室でドライヤーをかけて髪を乾かしていると、床に置きっぱなしにしていたスマホが鳴った。
　ドライヤーを止めて水気が飛んだ髪を櫛でとかしながら、ディスプレイをまともに見ないまま電話に出る。
「もしもし？」
『もしもし、亜瑚？』
　スマホの向こうから聞こえてくる、私の名を呼ぶその声は、よく知る人物のものだった。
「お母さん……！」
『相変わらず元気なんだから』
　苦笑するお母さんの声に、懐かしさが込み上げてくる。
　お母さんの声聞くの、久しぶりだ……。
　メッセージでのやりとりは頻繁にするものの、声を聞いたらさみしくなってしまいそうで電話はしていなかった。
「電話なんて、どうしたの？」
『用があるわけじゃないんだけど、亜瑚の声が聞きたくなって』
　毎日一緒にいた反動なのか、1週間顔を合わせていないだけで、すごく長い間離ればなれになっているような、そんな気持ちになる。
『湊くんと仲良くやってる？』
「うん、まあ、なんとかね。今はお風呂に行ってるよ」

『そう』
「お父さんも元気にしてる？」
『お父さんも元気だよ。でもうちは、亜瑚がいなくなって、静かになっちゃったよ。亜瑚は私たちの太陽だったからね』

　お母さんの声を包むしんみりとした空気が、スマホを通して伝わってくる。

「お母さん……」
『そういえば、明後日の夜、泊まりがけでおばあちゃんの家に行くんだけど、久しぶりに亜瑚も帰ってこない？』

　思いがけない提案に、ベッドにもたれかかっていた私は、がばっと起き上がり背をピンと伸ばした。

　隣町のおばあちゃんの家に、2週間に1回ほど遊びに行くのが、私たち家族の習慣だった。

『湊くんがいいって言ったら、亜瑚も一緒におばあちゃんの家に行こう』
「うん……！　おばあちゃんの家行きたいし、お父さんとお母さんにも会いたい……！」
『ふふ、よかった』
「今週の金曜ね。わかった、湊に言ってみる」
『きっとそろそろ湊くんもお風呂から出てくるね。じゃあ、おやすみ、亜瑚』
「うん、おやすみなさい、お母さん」

　通話を切ると、しんとした痛いほどの静寂が襲いかかってきた。さみしいという感情が、部屋の隅から頭をもたげて私を見ているみたいだ。

心細さから身を守るように、膝を引き寄せて背中を丸める。
「お母さんとお父さんに早く会いたいなぁ……」
　ぽつりとつぶやいた声は、静寂に包まれた部屋の中では、ひどく響いた。
　……気分転換にテレビでも見ようかな。
　ふとそう思い立って、スマホを片手に立ち上がる。そして部屋のドアを開けた私は。
「……あ」
　その体勢のまま、思わず立ち止まる。
　そこには、髪を濡らしたままの湊が立っていた。
　水が滴る前髪の奥からガラス玉みたいな瞳が覗き、いつもの湊とは違う色っぽい雰囲気に、不覚にもドキッとしてしまう。
　視線を縫い付けられたままでいると、不意に湊の唇が動いた。
「ドライヤー」
「え？」
　知らぬ間に見惚れていたから、聞き逃してしまった。
　すると、湊がかすかに眉を寄せてくり返す。
「ドライヤー。貸して」
「あっ」
　急かすように言われ、使ったまま放置していたドライヤーを慌てて持ってくる。
「ごめん」

「ん」
 ドライヤーを受け取ると、表情を崩さないまま洗面所の方へ歩いていく湊。
 相変わらずのローテンション。もう少し愛想よければいいのに。
 もしかして、ひとりごと聞かれちゃったかな。
 そんなことが頭をかすめつつも、私はあまり深く考えることなくリビングに向かった。

「あははっ」
 リビングのソファーに座り、お笑い番組を見ていると「亜瑚」と背後から名前を呼ばれた。
 振り返ると、湊がマグカップをふたつ持っている。そのマグカップからは、湯気が立っていて。
「お茶、あんたも飲む?」
「うん! ありがとう」
 笑顔で答えると、なんとか持てるくらいの熱さのマグカップが手渡され、湊が並んでソファーに座った。
 まさか隣に座ってくると思ってなくて不意打ちをくらった私は、下手に動けば肩と肩が触れ合ってしまいそうな距離の近さに、変に緊張してしまう。
 話題も見つからなくて、お茶をすすりながらテレビに視線を向けたままでいると、不意に湊がつぶやいた。
「この芸人、見たことない」
「嘘! 今一番の売れっ子だよ〜?」

「へー」
「湊ってあんまりテレビ見ないよね」
「見ないかも。亜瑚と生活するようになってから、少しずつ芸能人とか覚えてきた」
「学校じゃザ・王子様って感じだけど、ときどきおじいちゃんぽいとこあるよね、湊って」
「は？」
　言いながら、思わず笑みがこぼれる。
「ほら、入れてくれたのだってココアとかホットミルクじゃなくてお茶だし」
「あんたな」
　怒ったようにこちらに顔を向けた湊。
　——その時、たぶん私たちは同時に、ふたりの間にほとんど距離がないことを自覚した。
　鼻と鼻の先が、触れ合ってしまいそうで。
　固まってしまったかのように動けない体は、一気に体温が上がる。
　ち、近い……っ。
　思わず体をうしろに傾けると、不意に湊が、体を少し倒して、顔に向かって手を伸ばしてきた。
「……っ」
　はっと息を詰め、首をすくめたその時、長い指が私の顔の横をかすり、髪に触れた。
「亜瑚の髪、俺と同じ匂いがする」
「え……」

ドキンと心臓が重く鳴ったその時、はたと思いいたる。
「もしかしたらシャンプーの匂いでバレちゃうかな、同棲してること……！」
　目をぱちりと瞬かせ、湊が体を起こす。
「さすがにそこまで勘いいヤツいなくない？」
「偶然同じジャンプー使ってたってこともあるか！」
　それなら安心、と緊張を忘れて安堵の笑みを浮かべていると。
「亜瑚」
　低く響く声で、湊が私の名前を呼んだ。
「なぁに？」
「実家、俺に許可とか取らなくても、いつでも帰っていいから」
「え？」
　金曜日、実家に帰ろうとしていたことを思い出し、はっとする。
　やっぱり、さっきの聞いてたんだ。
「婚約したからって、あんたから自由と家族を奪うつもりはない」
　大仰に感じる口ぶりに思わず苦笑する。
「奪うって、そんな」
　だけど湊は硬い声のまま続ける。
「この婚約に関しては、あんたが被害者だもんな」
「え？」
　ぽつりとつぶやかれた言葉。それは、たったひと言なの

にな ぜか、胸に重くのしかかってくるような不思議な質量を持っていた。
　返す言葉が見つからず、まだ熱を持つマグカップを両手で握りしめていると、不意に湊が立ち上がった。
「湊？　どこ行くの？」
「歯磨き」
　そう言って、歩いていってしまう。
　ひとり残された私は、胸に生まれた消化しきれない謎の気持ちを持て余した。

　そのモヤモヤは、翌日になっても胸の中に棲みついていた。
　私が被害者……？
　なんだかその言葉が魚の骨のように胸に引っかかったままでいるのは、しっくりきていないからだろうか。
　たしかに最初は、そんな気持ちにもなったけど、今はどうなんだろう。
　湊の言葉が図星だったのか、ショックだったのか、それともまた別の感情なのか、自分の気持ちが迷子だ。
　だけど湊は、私のことを被害者って思ってたんだ……。
　寝る前もずっとそんなことを考えていたせいか、いつもの起床時間よりも早く起きてしまった。
　一度目が覚めてしまうと、二度寝をしようにも寝つけず、少し早いけど準備に取りかかることにした。
　ぱぱっと朝ご飯を作り、湊が起きる時間になるまで洗面

所にこもって髪をヘアアイロンで伸ばしていると、ガチャッと背後でドアが開いて湊が入ってきた。
「あ、おはよう！」
　まだ寝間着のスウェット姿だった湊は、鏡越しに私を見るなり「ん」とだけ言って、洗面所を出た。
　……あれ？
「湊、洗面所使うんじゃないの？」
　洗面所から顔だけ出して、廊下を引き返していく湊の背中に問いかける。
「あとでいい」
　足を止めずに、そう答える湊。
「あ！　じゃあ朝ご飯食べよっか！」
「もう食べた」
「えっ？」
　思いがけない返事に、喉の奥からすっとんきょうな声が出た。
　たしかにテーブルの上にふたり分の朝食を置いておいたけど、一緒に食べようと思っていたのに。
　同居して１週間。家では、一度たりとも、食事を別にすることはなかった。
　そう約束したわけではないけれど、一緒に食べるのが暗黙のルールみたいになっていた。それなのに。
　なんか……避けられてる？
　ヘアアイロンを手にしたまま、雲行きが怪しすぎる突然の展開に私は固まった。

結局、湊は私とろくに目も合わせないまま、いつもより早い時間にマンションを出ていった。一瞬でも長く、私と同じ空気を吸っていたくないという意思表示なのだろうか。
　気づかないうちに、湊の逆鱗(げきりん)に触れるようなことしちゃったのかな、私……。
「は～～」
　休み時間になった途端、私は大きなため息とともに机に突っ伏した。
　頭をフルに回転させなければ、なにか呪文を言っているようにしか思えない数学の授業は、もちろん1ミリも頭に入ってこなかった。
　昨日の湊の言葉の違和感も相まって、私の頭はパンク寸前。
　一方、前の席に座る当の本人はというと、授業が終わると同時に女子に囲まれていた。
「湊くん、さっきのこの問題わからなかったんだけど……」
「試験勉強、一緒にやってくれない？」
　みんな勉強にかこつけて、湊とお近づきになろうとしてる。
　そんなお誘い、いつもならスパッと断りそうなのに。
「悪いけど、時間ない」
　なぜか、そう返事をする湊の声には威勢(いせい)というか覇気(はき)がない。
　どうしたんだろう、湊……。

私は突っ伏した腕の隙間から、背筋がぴんと伸びた姿勢のいいうしろ姿を見つめた。
　湊の人物像がまだうまく掴みきれていない。
　意地悪かと思えば、ふとした時に優しくて。まるでなかなか懐かないネコみたい。
　今、湊がなにを考えてるのか……私にそんなことがわかる日がくるのだろうか。

「亜瑚、なにかあった？」
「え？」
　帰り道。ぼんやりと足だけを動かしていると、隣を歩く玲奈に声をかけられ、はっと意識が現実に引き戻された。
　そしてそれと同時に、自分がいつの間にか難しい顔をしていたことに気づく。
「ごめん、ぼーっとしちゃって」
「今日の亜瑚は、ずっとなにか考えてるみたいね」
「うん、ちょっと、ね」
　正直に打ち明けられないことを苦々しく思いながら、眉を下げて笑ってみせる。
　すると、玲奈が首を曲げ、私の顔を覗きこむように微笑んだ。その拍子に、ポニーテールにした長い黒髪がさらりと揺れる。
「あんまり根詰めて考えすぎちゃダメよ？」
　この穏やかな笑顔を見ると、いつも不思議な安心感に包まれて、心が軽くなる。私の精神安定剤だ。

「うん、ありがとう、玲奈」
　やがて、道が二手に分かれている交差点に差し掛かる。
　玲奈とはここでお別れだ。
「じゃあね、亜瑚」
「うん！　玲奈、ばいばい！」
　玲奈と別れ、ひとりで歩きだす。
　私は、スクールバックにくくりつけたお守りに視線を落とした。
　私の宝物であるそのお守りは、小学校に入学するときにお母さんが作ってくれたものだ。それ以来ずっと大切に身につけている。
　私には玲奈が隣にいてくれるし、お母さんのお守りも私を見守ってくれている。
　きっと、大丈夫だ。
　こんなふうに難しいことばっかり考えているのは私らしくない。家に帰ったら、湊と腹を割って話し合ってやろうじゃない！
「よーし！　亜瑚、がんばるぞー！」
　……と、自分を鼓舞するように、元気いっぱい空に向かって拳を突き上げた、その時。
「助けて〜！」
　突然背後から聞こえてきた声に、私はビクッと肩を揺らした。
　え!?　何事!?
　声がした方を振り返った瞬間、私の足もとをすごい勢い

でなにかが通り過ぎていった。
「なぬっ!?」
　目にも留まらぬ速さで通り過ぎていったなにかを、目をこらして視認しようとしていると、さっき声が聞こえてきた方から再び声が。
「うちのワンちゃんなの……！　つ、捕まえてぇ」
　息も絶え絶えに、こちらに走ってくるおばさんが助けを求める。
　　大変！　助けなきゃ……！
「おばさん、任せて！」
　私は声を張りあげると、すぐさまワンちゃん捕獲のため走り出した。
　おばさんのペットというのは、白いチワワらしかった。小さくてちょこちょこと低い位置で走っていくため、捕まえにくい。
「ワンちゃん、待って～！」
　声をあげて走っていると、通りすがりの人たちが何事かとこちらを振り返ってくる。でも、そんなことを気にしている余裕はない。
　もげそうなほど、必死に手足を動かす。こんなに速く走ったこと、体育の時間にもない。
　ワンちゃんが土手を駆け下り、草が生い茂った川沿いを走る。
「ちょちょ、速い～っ！」
　最大限手を伸ばし、ワンちゃんに引きずられる赤いリー

ドを掴もうとする。
　あと、ちょっと……！
　だけど、地面を走るリードを掴むには、走る体勢ではきつかった。
　なんとかリードを掴んだときには、ずしゃっと派手な音を立てて草むらに仰向けにダイブしていた。
「ちょっと、お嬢さん、大丈夫っ……？」
　遅れるようにして駆け寄ってきたおばさんが、驚いたような声をあげる。
「ははは……なんとか……」
　泥まみれの上体を起こし、私はしっかり握りしめたリードを見せる。
「ワンちゃん、捕まえました……っ」
「こんなに泥だらけになってまで捕まえてくれて……。本当に助かったわ。ありがとう」
「いえいえ！」
　ワンちゃんを抱き上げ、おばさんが引き返していく。
　力になれてよかった。
　ワンちゃん、もう勝手に逃げるんじゃないぞ〜？
　おばさんの腕から顔を覗かせ、まだ走り足りなさそうな顔をしているワンちゃんに心の中で言う。
　さ、私も帰ろ！
　制服や手のひらについた泥を払い、再び家路につこうとしたとき。
　ふとあることに気づき、あれ、と体の動きが止まる。

そして、おそるおそるスクールバックに視線を落とした私は、息をのんだ。
　……ない。お守りが、ない。
「嘘……」
　体中から、さぁっと血の気が引いていく。
　もしかして、走っている途中に紐が切れちゃった……？
　とっさにあたりを見回す。でも足下を囲むのは、生い茂った草むら。さっと見た限りでは、お守りらしきものは見当たらない。
　曇天だから、まだ５時だというのにあたりは薄暗くなっていた。
　……この世にひとつしかない宝物、なのに。
　早く見つけなきゃ。そう思えば思うほど、心ばかりが焦って体が動いてくれない。
　私は崩れ落ちるようにその場に膝をつき、草の中を探し始めた。

　それからどのくらい探していたのだろう。
　あたりがすっかり真っ暗になっても、お守りは見つからないまま。
　よつんばいになって、あたりの草むらを手探りで探す。だけど、手に当たるのはどこまでいっても草の感触ばかり。
　手がかりのなさに、鼻の奥がつんと痛む。
「どうしよう……」
　涙に湿った声でつぶやいた、その時。

「……亜瑚っ」
　暗闇の中から、私の名前を呼ぶ声が飛んできた。
「え？」
　草むらしか捉えていなかった視線を上げて目をこらすと、土手を降りてくる湊の姿を見つけた。
「どうして、湊……」
「なかなか帰ってこないから……っ。電話くらい出ろよ！」
　息を切らした湊が、珍しく声を荒らげる。
「ごめんなさい……」
　謝る声が、震えていた。
　スマホはスクールバッグの中。探すことに夢中で、まったく気にしていなかった。
「こんなとこで、なにしてたんだよ」
「お守り、なくしちゃって……」
「え？」
「お母さんが作ってくれたお守り、なくしちゃったの」
　声に出した途端、一気に現実味が襲いかかってきて、涙が暗闇の中にこぼれ落ちた。
　不安な時、困った時、辛い時、いつもあのお守りに勇気づけられていたのに。そんな大切なものをなくしちゃうなんて……。
　情けなさにぐすっと鼻をすすっていると、不意に湊が私の前にしゃがみ込んだ。
「こんな暗い中じゃ、見つかるものも見つからない。今日はいったん帰るよ」

「でもっ」
「絶対見つかるから、もう心配するな」
　暗闇の中なのに、そこにだけ光が灯っているかのように湊の瞳は存在感を放つ。
　この不思議な引力を持ったふたつの瞳に見つめられると、どうしてだか逆らえなくなる。
　多分、湊が一瞬もそらすことなく見つめてくるから。
「うん……」
　湊にならうように立ち上がると、突然「うわ」と湊が声をあげる。
「あんたケガしてんじゃん」
「え?」
　湊の視線を辿るように膝あたりに視線を向けると、たしかに膝から出血していた。
「ほんとだ……!」
「自分で気づかなかったのかよ」
「ワンちゃん捕まえた時かな……。たしかに派手に転んだかも、あはは……」
　頭をかきながら、苦笑いを浮かべる。
「あははじゃないし。っていうか、犬捕まえたの?」
「そう!　飼い主さんから逃げちゃったみたいで」
「ほんと、お人好し」
　呆れたふうに言われたのに、嬉しい。だって今、私たち普通に話せてる。
「ありがとう、湊。私のこと、探しに来てくれて」

「え?」
「ずっと避けられてると思ってたから」
「それは、」
　そう言いかけて、湊が押し黙る。
「なに?」
「なんでもない」
　どうしてだか、湊は話してくれなくて。
　やっぱりまだ湊の気持ちが全部わかったわけじゃない。でも、嫌われているわけじゃなさそうなことがわかっただけで今はいいや。
「さ、帰るよ」
「うん!」
　元気に返事をして歩きだそうとしたとき、右足にズキンと重い痛みが走った。
「いたっ」
　暗闇の中で、湊が振り返る。
　私はごまかすように苦笑いを浮かべた。
「ごめん、ちょっと待って。今行くから」
　ずっと夢中で気づかなかったけど、相当大きい傷になっていたらしい。
　痛みをこらえて歩きだそうとすると、不意にため息をついて湊が私の前にしゃがみこんだ。
「え?」
「おぶってやる」
「そんな、悪いよ……っ」

「じゃあその足で帰れんの？」
「帰れる……！」
　そう言って一歩足を踏み出すけど、右足に走る痛みに思わず顔を歪める。
　この調子じゃ、マンションまでたどりつけないだろう。
「ほら」
　『言わんこっちゃない』と言いたげな湊。
「でも、誰かに見られたら」
　湊が私をおぶっている姿なんて見られたら、たちまち噂になってしまう。
　最悪なケースを想像し焦る私に対して、ひどく冷静な声が返ってくる。
「一緒に帰ることを想定して、キャップかぶってきたし。亜瑚も顔隠してれば？」
　たしかに湊の言うとおり、顔を隠すようにしていれば、もう暗いし気づかれる可能性は低いだろう。
　足の具合も見かねて、私は観念した。
「じゃあ、お願いします……」
「ん」
　しゃがみ込む湊の背に体を預ければ、ふわっと体が浮いた。
「重くない？」
「へーき」
　私は顔を隠すように湊の背中に額を当てた。湊の体は、心なしか温かい。

私のケガを気遣ってか、ゆっくり歩いてくれていて、穏やかな振動が心地いい。
　だれかにおんぶしてもらうのなんて、いつぶりだろう。お父さんにおんぶされてた頃の記憶はもうないや。
　体のほとんどが触れ合っている感覚に、少しだけ心がそわそわとして落ち着かない。
「ねえ、湊。今日の夕食、なにする？」
「もう遅いし、昨日の夕食の残りとか」
「そういえばカレー残ってたっけ。でも残り物だけじゃお腹空いちゃわない？」
「あんまり腹減ってない」
　そんな会話を交わしながら、家路につく。
　考えてみれば、家までの道のりを一緒に歩くのって、同居を始めた日以来かも。
　そんなことを考えながら、帰る場所が同じであることをなんとなく実感し、今もまだ慣れない婚約者という感覚に心がふわふわ揺れた。

　マンションに着くと、そのタイミングで雨が降ってきた。少し遅れていたら、土砂降りに遭うところだった。
　私は、自分でも気づかないうちに疲れていたみたいで、夕食と入浴をすませると、明日の学校の準備もしないまま眠ってしまった。
　――だからちっとも気づかなかった。
　湊が夜、家を出ていったことに。

窓から差し込む眩しい光に、私は目を覚ました。
「ふああああ」
　大きなあくびをして、ベッドから起き上がる。
　ベッドの中で足を動かしてみると、昨日帰ってすぐ手当をしたせいか、あれだけひどかった膝の痛みは、だいぶ和らいでいた。
　この様子なら、普通に学校に行けるだろう。
　そして今日は、学校が終わったら実家に帰る日でもある。
　家に帰る前に、昨日の河原へもう一回行こう。今日こそは見つかるといいな……。昨日の夜、雨が降ったから、びしょびしょになっちゃったかな……。
　寝ても覚めても、頭に浮かぶのはそのことばかり。
　晴れない気持ちのままベッドから出ようとした時、不意に視線の端に映った枕元の小さな棚の上に、なにかが置いてあることに気づいた。
　それを頭が認識するやいなや、ばっと腕を伸ばして掴む。
「……っ、これっ……」
　それは、私が昨日落としてなくしてしまったお守りだった。
　雨のせいか少し汚れてしまっているけど、この世にひとつしかないものだ。見間違えるはずがない。
　信じられない思いで、手のひらの中のお守りを見つめる。
「どうしてここに……」
　思わずそうつぶやくけど、考えられる答えはひとつしかない。

「湊が探してくれた……？」

　きっと、昨日私が寝てしまったあと、土手に戻ったのだろう。

　なにも言わずに探しに行ってくれる、湊の不器用な優しさに胸を打たれる。

「……っ」

　感謝の気持ちがあふれそうになって、今すぐ伝えたくて。

　私はお守りを握りしめると、リビングでまだ寝ている湊の元へと部屋を飛び出した。

　そしてリビングのドアを開け放ったその時。

「みな、」

　喉の奥に吸い込まれるように、ぷつんと声が途切れた。

「え……？」

　視界に飛び込んできた光景に、目を見張る。

　——リビングに入ってすぐの床に、湊が横向きに背筋を丸めるようにして倒れていた。

「……っ、湊！」

　叫びにも似た声をあげ、湊に駆け寄る。

「湊、湊っ……」

　上体を抱き起こすと、湊が荒い呼吸をしていることに気づく。体も発火しているかのように熱い。

　はっとして額に手を当てると、やはりすごい熱だ。

「どうしよう……」

　泣きそうになって、すがるように湊の体を抱きしめる。

　昨日の夜、雨が降っていた。それなのに、雨の中、私の

お守りを探しに行ってくれたから……。
　湊はコートを羽織ったまま。帰ってきてそのまま、高熱で倒れてしまったのだろう。
　どうして、そこまでしてくれるの……？
「ふ、う……」
　胸が押し潰れそうになって、嗚咽を漏らしたとき。
「……はぁ、亜瑚……」
　腕の中で、目を覚ました湊が熱い息を吐き出した。
「湊、大丈夫……っ？」
「大丈夫、だから、ちょっと手、貸して……」
「え？」
　体を離し、湊に言われるまま手を貸すと、湊が立ち上がる。
　そしておぼつかない足取りで、窓際のタンスまで歩いていくと、そこから箱に入った薬らしきものを取り出した。
「ねぇ、病院はっ？」
「いい……」
　まさか、市販の薬で治すつもり……？
「ダメだよっ、そんな熱あるのに……！」
　涙に濡れた声を張りあげると、湊は熱のせいかわずかに潤んだ瞳で私を見つめ返す。
「いつも、病院は、行かない。ずっと、こうして、た」
「……っ」
　ひとり暮らしだったから、きっと湊はこうしてひとりでなんでも解決してきたんだ……。

「寝てれば治る、から、あんたは、学校、行けよ」
 よほど苦しいのか、熱のこもった声は途切れ途切れ。
「でもっ」
「俺は、大丈夫だから……っ」
 食い下がる私の声を断ち切るように、不意に湊が弱々しい声を荒らげる。
 全身で、私を突き放した。
「……わかった……」
 ここまで強い意思表示をされては、引き下がるほかなかった。
『ソファーでいい』と言う湊を無理やり説得し、私の部屋のベッドまで連れていって寝かせる。
 そして濡れタオルを額に乗せ、お昼ご飯の準備をすると、私はひとり、うしろ髪を引かれる思いで家を出た。

 家を出るときも、まだすごく辛そうだった。本当に大丈夫かな……。
 湊のことが気になって仕方ないまま、教室に入る。
 すると、そのタイミングで、教室のどこかから男子の声が飛んできた。
「えっ、湊休みだって」
 突然耳に入ってきた『湊』という単語に、反射的に足を止めてびくっと肩を揺らす。
 ちらりと声がした方を伺えば、クラスメイトの金髪の男子がスマホを見て肩を落としていた。湊から欠席の連絡で

も入ったのだろうか。

　再び机に向かって歩きだすと、通り道にある机を囲んでおしゃべりに花を咲かせている女子たちの声が聞こえてきた。
「そういえば湊くん、昨日しんどそうだったよね……」
「ね……。昨日も無理してたのかな」
　……え？　昨日、学校にいる時からすでに体調悪かったの……？

　足は止めずにその場を通り過ぎたけど、ドッドッドッと心臓がイヤな音を立てて鳴り、スクールバックの持ち手をぎゅっと握りしめる。

　全然、気づかなかった。湊だって、体調が悪いというようなことは言ってなかった。

　でもたしかに、昨日の湊の女子への対応は、いつにも増してぞんざいだった。おんぶしてくれたとき、体が熱いような気がしてた。食欲ないって言ってた。

　思い返してみれば、昨日の小さな出来事が線となって繋がっていく。

　そうだとしたら、体がしんどいなか、私を探しに来てくれたんだ。そして、雨の中お守りを探しに行ってくれたんだ……。

　走り回ってる時、どれだけしんどかっただろう。

　平静を装って席に着くけれど、湊のことを考えれば考えるほど胸が苦しくなって。

　がやがやとうるさいはずの教室の騒音は、周りがシャッ

トアウトされたみたいに耳に入らなかった。
《湊、具合はどう？》
　ＳＨＲ前に送信した私のメッセージに返信が来たのは、3限の授業が終わった頃だった。
《平気》
　並んでいるのはその2文字だけ。でも、湊の言う『平気』なんて信用できない。
　机の影にスマホを隠して、素早く文字を打つ。
《なにか食べたいものはある？》
　ちょうど起きたタイミングだったのか、次の返信はすぐ返ってきた。
《とくにない》
　……もう。
　遠慮されているようで、嫌われてないとしても、心と心の間に壁を感じてしまう。
　でも今は、いちいちそんなことを気にしている場合じゃない。
　すべての授業が終わると、私は一目散に学校を飛び出した。途中のスーパーで消化のよさそうな食料を大量に買って、急いでマンションに帰る。
「ただいま、湊……っ」
　声をあげながら、スクールバックも下ろさずに自分の部屋のドアを開けると、湊がベッドで眠っていた。その顔はまだ赤い。
　そっと起こさないようにベッドに近づくと、睫毛が揺れ

て、うっすらと湊の瞼が開いた。
「ごめん、起こしちゃった?」
「……いや」
「消化のよさそうなもの、買ってきたんだよ。なにか作ってあげるからね! お昼、おにぎり食べられた?」
　そう話しかけながら、スーパーのレジ袋をごそごそ漁っていると。
「俺のことはいいから、実家帰れよ」
　吐息混じりの力ない声が、ふたりきりの空間に放たれた。
「え?」
　思いがけない言葉に、手を止めて顔を上げる。見れば、湊がうつろながらも強い光を宿した瞳で私を見つめていて。
「帰る約束してたんだろ」
「約束はしてたけど……」
　その時、手に持っていたスマホが揺れてメッセージの着信を知らせた。
　視線を落とせば、それはお母さんから。《今日は外食しようか!》と、弾んだメッセージがディスプレイに表示されている。
「俺は寝てれば治るから遠慮しないで行けって……」
　お母さんからのメッセージだと察したのか、私の背を押すように湊が言う。
　……ずっと、お父さんとお母さんに久しぶりに会えることを楽しみにしてた。

でも今、この人には——湊には、私しかいない。隣にいてあげられるのは、私だけだから。
　スマホに視線を落としたままでいた私は、顔をあげ。
「私、ここにいるよ」
　湊の目を見据えて、そう言い放った。
「え……？」
「湊のこと、ひとりになんてできない」
　看病をするためだけじゃない。湊に寄り添っていてあげたいと思った。
　自分の決断をまっすぐに伝えれば、湊の瞳が、今日初めて揺れた。そして。
「やめ、ろよ……」
　歯をくいしばるようにそう言って、目元に腕を当てる。
「俺は、あんたの家族を壊したいわけじゃない……」
　弱々しくも切実な気持ちを伝える湊を前に、私はぐっとこぶしを握りしめた。
　どうして、そんなふうに思うの。
「……湊はこの前、私のこと被害者だって言ったけど、違うよ」
　ずっと気になっていた違和感の正体が、今やっとわかった。
　たぶん、さみしかったんだ。湊が私に罪悪感を抱いているように感じたことが。
　だって、私は被害者なんかじゃない。
「私は、自分で婚約するって決めたの。湊はもう、私の家

族なんだよ」
「……っ」
　私にとって、お父さんとお母さんはもちろん大切。でも、もうとっくに私の中ではこの人のことも大切になってたんだ。
　だって、ただの同居人じゃない。始まりは普通とは違ういびつなものだったかもしれないけど、私たちは婚約者であり、これから家族になるのだから。
「湊はひとりじゃない。私がいる。だからもう、遠慮しないで」
　自分の気持ちが1ミリも漏れることなく全部伝わるようにと、思いのこもった眼差しで見つめる。
　すると、口をつぐんでいた湊が、目を伏せそっと唇を動かした。
「……距離、置いてごめん。昨日風邪っぽかったから、あんたにうつさないようにしてた」
「湊……」
　明かされた事実に、きゅうっと胸が締めつけられる。
　全部、湊の気遣いだったのに、私ってば勝手に嫌われてると思い込んでしまった。
　これからは、優しさを見逃さないように、ちゃんと湊のこと見ていなきゃ。
「ありがとう。風邪引いてたのに、お守り探しに行ってくれて」
「……ここにいると風邪、うつる」

しんみりお礼を言うと、視線をそらしたまま、ぶっきらぼうにつぶやく湊。
　心配してくれるなんて嬉しい。でも、そんな心配はご無用だ。
「へへ～、私、風邪引かないことが取り柄なの」
　そう言って、得意げにガッツポーズをしてみせる。すると。
「なんだよ、その取り柄」
　湊が目を細めてくすりと笑う。
　……あ、久しぶりに笑った。
　きっと湊は、誰かに甘えることがすごく苦手なだけなんだ。
　湊が甘えられる、そんな場所になってあげたい。いつしかそんな感情が芽生え、心と心の間にあった、果てしなく高く思えた壁が、少しだけ崩れた気がした。

「――だからね、今日は湊のそばにいることにする」
　リビングのソファーに座り、電話でお母さんに事情を説明する。
『そう……。大変だったね』
「帰れなくて、ごめんね」
　謝ると、お母さんが優しくなだめてくれる。
『気にしないで、いつでもまた帰っておいで』
「お母さん……」
『湊くんのことを支えてあげられるのは、亜瑚なんだから』

「うん……！」
　急に帰れなくなっても、お母さんならこう言ってくれるんじゃないかと思ってた。
　お母さんと話していたら、さらに湊の力になりたいという気持ちが強くなった気がする。
　電話を終えると、私は早速夕食作りに取りかかった。

「湊、入るよ〜？」
　部屋の外から小声でそう呼びかけ、そーっとドアを開ける。
　部屋に入ると、湊はベッドに横たわって眠っていた。
　おかゆを乗せたトレーを持ったまま、静かにベッドに近づく。
　そして額に手を当てると、まだ熱いものの、朝よりは熱が引いているのがわかった。
　額に当てた手をスライドし、そっと前髪をなでてみる。
　早く、元気になりますように。湊が本調子じゃないと、なんだか私も元気になれないよ。
　柔らかい前髪を優しくなでていると、瞼がかすかに動いて、湊が目を覚ました。
「ん……」
「おはよう、湊。おかゆ作ってきたよ。起きられる？」
「ああ……」
　湊が起き上がるのを手伝い、私はトレーを膝の上に乗せてベッドの端に腰掛ける。

「……なに」
　そんな私を見て、なにかを察したのか湊が不満そうに言う。
「なにって、私が食べさせてあげようかなって」
「は？　食べるのくらいひとりでできる」
「なーに言ってるの！　こういう時くらい素直に甘えなって！」
　レンゲに一口おかゆを掬い、まだ湯気が立つそれをふーふーと冷まして、湊の口もとに持っていく。
「はい！」
　にこにこして食べるのを待っていると、げんなりとイヤそうだった湊は、観念したようにしぶしぶ口を開いた。
　そして口に入れた途端、とろんとしてだるそうだった目がかすかに見開かれる。
「どう？　おいしい？」
「おいしい」
「よかった〜。このおかゆね、私が体調を崩した時にお母さんが作ってくれたのと同じレシピなの」
　寝ていると、ドアの向こうからこのおかゆを作る香ばしい香りが漂ってきたものだ。
　どんなに体調が悪くても、このおかゆだけはぺろりと平らげられたっけ。
　湊もおかゆを気に入ってくれたようで、完食してくれた。
「ごちそうさま」
「全部食べられてよかった！」

たくさん食べれば、その分回復も早いはずだ。
「これ、おいしいよね」と笑っていると、湊がベッドの背もたれに寄りかかり、長い睫毛を揺らして目を伏せ、ぽつりとつぶやいた。
「誰かに看病してもらうなんて、物心ついてから初めて」
「え……？」
「料理する音とか歩く音とか、あんたが同じ空間にいるってだけで、正直安心できた」
「湊……」
　ぽつりぽつりとこぼれる湊の本音に、胸が切なく締めつけられる。
　甘えるのが苦手なのは、多分ずっと甘えられる場所がなかったからなんだ……。
「そうだ！　りんご食べる？　うさぎの形にしてあげよっか！」
　もっと元気になってほしくて、りんごをむいてこようとベッドから立ち上がった私。
　でも、その動きを制するように、くいと後ろからセーターの裾を掴まれた。
「湊？」
　何事かと振り返る。
　すると、目を伏せたまま湊が小さな声で言った。
「りんごはいい、から、寝るまでここにいろよ」
「……え？」
　これはもしかして、甘えってやつ……？

不意を突かれたからか、少しだけドキッとしてしまった。
でも、なにより湊が甘えてくれたことが嬉しくて。
「うん……！」
　私は笑顔で頷くと、ベッドのそばに膝をつく。
「湊が寝るまで、ここにいるからねっ」
「……ん」
　そう言うと、湊は横になった。
　私はベッドに顔だけ乗せる。
　安心したようにそっと目をつむる湊の整った顔を見つめながら『今夜、湊がいい夢を見られますように』と、心の中で祈った。

「亜瑚」
　誰かがそう名前を呼んでいる。
　耳にじんわりと広がっていくような心地いい声。
「ん……」
　その声に手を引かれるように、ゆっくりと意識を覚醒(かくせい)させ、瞼を持ち上げる。
　そして顔をあげると、朝の光を背にぼんやりと湊の顔が映った。
　……みなと、湊……。
「湊！」
　ばっと体を起こす。
　看病するはずが、いつの間にか寝ちゃってた……！
「具合は？　大丈夫っ？」

「朝から騒がしいな」
　慌てる私に、上体を起こしている湊が苦笑する。
「……っ」
　いつもの口調、その笑顔。ということは……。
「もう大丈夫」
「よ、よかった〜……」
　体中から力が抜けて、思わず安堵の声をもらす。
　声もはっきりしているし、顔色も戻ったみたいだ。
「昨日は悪かった」
「え？」
「変なこと言って」
　湊がいいづらそうに口ごもる。
「ああ！　ここにいろよってやつ？」
「口に出すな！」
「あははっ」
　いつものくだらないやりとりが嬉しくて、私は破顔した。
　私たちはやっぱり、こうでなくちゃ。
　そして、私がさっき見ていた夢は、もしかしたら夢じゃなかったのかもしれないと感じる。
　夢の中、湊は大きな手で、優しく私の頭をなでてくれた。
　それから、記憶の中の景色はおぼろげで湊がどんな表情をしていたかはわからなかったけど、今までで一番優しい「ありがとう」をくれた。
　私たちの間の心の繋がりが深まったような気がして、私はそれがとても嬉しかったんだ。

バタバタな一日

【亜瑚side】
　同居を始めて、1ヶ月ほどが経った。
　ふたりでの生活にも慣れてきた、ある日の昼休みのこと。いつものように、教室で玲奈と机を合わせてお弁当を食べていると、ふいに玲奈がのんびりと私の名を呼んだ。
「ねぇー、亜瑚？」
「なーに？　玲奈」
「今日、亜瑚のお家に遊びに行ってもいいかしら？」
「ええっ!?　今日!?」
　おしとやかに首を傾げる玲奈の突然の発言に、私は卵焼きを口から噴き出しそうになる。
　危ない、危ない……！
「どっ、どうして急に……」
「引越したんでしょ？　ちょっとお邪魔したいわ」
「でもほら、すごく散らかってるしっ」
「前の家の時はよく遊びに行ってたじゃない。亜瑚の部屋が散らかっていたことなんてないわよ？」
　一点の曇りもない笑顔でそう言われると、返す言葉も見つからない。
　ま、まぁーそうだけどさー……。今は状況が違うっていうかさー……。なにを隠そう、今の家にはあのお方がいるし……。
　フォークを握りしめ、返事を渋っていると。
「亜瑚の新しいお部屋見たいし、ゆっくりおしゃべりだってしたいわ……」

玲奈が子犬のような潤んだ目で見つめてくる。
　うー！　私はこの玲奈のウルウルな目に弱いのにー!!
「ダメ、かしら……？」
　念押しのように言われ、手を引っぱられるかのように傾いていく意思。
　……ま、まぁ、なんとかなるよね……！
「わかった！　じゃあ今日家で遊ぼ！」
「やったぁ！」
　いつかは来る、避けては通れない事態だ。嬉しそうにする親友を前に、私は腹を括った。

　そして放課後。
　玲奈には『ちょっと用事があるから待ってて』とごまかし、私は人がいない隙を見て湊を空き教室に呼び出した。
「なに、用って」
　教室のドアを後ろ手に閉めるなり、湊が少し顎を引いて聞いてくる。私はすぐさま湊に駆け寄った。
「あのね、今日友達の玲奈が家に来ることになったの！　だから、申し訳ないんだけど、先に帰って湊の物を片付けておいてくれないかな……。そのあと、玲奈が帰るまでどっかで時間潰していてくれると助かる……！」
　このとおり！と、私は顔の前で手を合わせて、必死のお願いポーズ。
　すると、間を置かず、澄んだ声が降ってきた。
「あぁ、べつにいいけど」

渋られたらどうしようと心配していたものの、すんなりと快諾してくれた湊。
　感謝のあまり、思わず彼の両手を握りしめる。
「ほんと!?　ありがとう!!」
　ほっと安心したのも束の間、突然ガラッと教室のドアが開いた。
　とっさに入り口に顔を向ければ、ひとりの男子が目を丸くして、私と湊を見て立っていた。
　まずい！と慌てて手を離し、湊から距離を置こうとした時。
「あ、祐馬」
　湊がその人に向かって声をかけた。
　緊張感を微塵も感じさせない、涼やかな声音。
　全然焦っていないその様子に、あらためてまじまじとその男子を見つめると、彼がいつも湊と一緒にいる男子だということに気がついた。
「遅かったな」
「ごめんごめん、掃除が延びちゃってさー」
「え？」
　ふたりのやりとりについていけず、湊を見あげると、そんな私の様子に気づいたのか、こちらに向き直った。
「俺が呼んだんだよ。あんたのこと紹介しようと思って」
「湊が？」
「なぁ、湊。もしかしてその子」
　祐馬くんがそう言いながら、私に視線を投げかける。

すると、湊は私の肩を抱き寄せた。
「そ。こいつ俺の婚約者」
「……っ」
　突然湊との距離がゼロになり、甘い香りに包まれて、一気に体が熱を持つ。
　近い近い！　しかも突然バラしちゃいましたけど!?
　いろんな意味で焦っている私に、湊は余裕げにふっと笑みを落とした。
「大丈夫だよ。祐馬は幼なじみだから、俺んちの決まりのことは知ってる」
「そ、そうだったんだ……！」
　高校生活が危ぶまれずにすみ、ほっと胸をなで下ろしていると。
「へ～！　君だったんだ！　湊の婚約者☆」
　そう言って祐馬くんが、入り口から私の前までやってきた。
「こんちは。同じクラスだけど、あらためて！　湊のダチの祐馬です☆　よろしく！」
「こんにちは。来栖亜瑚です！」
　近くに来た祐馬くんは、遠くから見るよりも断然カッコよかった。チャラそうなイメージを持っていたけど、笑顔が朗らかで不思議な安心感がある。
「ほんと、眩しいねー☆」
　ふと、祐馬くんが目を細めて笑った。
　その言葉の意味がわからず「え？」と聞き返すと、祐馬

くんは笑顔のまま首を振る。
「んーん、なんでもない！　湊のことよろしく頼むね、亜瑚ちゃん」
「はい!!」
　湊思いな友人に、私は笑顔で大きく頷いた。

「玲奈、お待たせー！　遅くなっちゃってごめんね」
　湊と祐馬くんに先に教室へ戻ってもらい、私は下駄箱で玲奈と合流する。
　玲奈はポニーテールにした長い黒髪を揺らして私の方を振り向くと、首を振って笑った。
「全然大丈夫よ。それより、さっき如月くんがすごい勢いで帰っていったの。いつもはクールな如月くんのあんな姿、初めて見たわ」
「あ、あははー。そうなんだー」
　ぎくりとして、思わず苦笑いになる。
　湊……ばっちり見られてるよ……。
「さっ！　そんなことより、早く行こっ」
「そうね！　楽しみだわ」
　湊が片付けをする時間を稼ぐため、近くのスーパーに寄り、お菓子やジュースなどを買う。
　そして再び家に向かって足を進めながら、隣で「いっぱい買っちゃったわね」とはしゃぐ玲奈をちらりと見た。
　ポニーテールを風になびかせる玲奈は大人っぽくて、清楚で、優しくて、私の自慢の親友。

婚約のこと、本当は玲奈に打ち明けたい。でも退学という問題も関わってくるだけに、迷惑も心配もかけたくない。
　玲奈に隠しごとをするのは罪悪感があるけど、隠すしかない、よね……。
　心の中にチクリと痛む傷を抱えながら、私は遅れをとらないよう玲奈の隣を歩いた。

「じゃじゃん！　ここが新居だよー！」
　マンションの部屋の前に着くと、私はドアの前で手をヒラヒラさせた。
「それにしても大きくて綺麗なマンションね」
「うふふ。じゃあ開けちゃうよ〜？」
　そう言って軽やかにドアを開けた私の目に飛び込んできたのは、廊下のつきあたりにあるリビングのソファーで寝てる湊——。
　………ん？
　——バタンッ。
　勢いよく開けたドアを、私は笑顔のまますごい勢いで閉め直した。
「どうしたの？」
「あっ、あははー！　なんか下着出しっ放しだった！　片付けてくるから、ちょっと待っててねー♪」
　貼りつけた笑顔を玲奈に向けると、私は一目散に部屋に駆け込んだ。
　そして自分史上最速のスピードで、リビングのソファー

で寝ている湊に駆け寄る。
「ちょっと湊!」
　肩を揺すると、湊が眠たそうにゆっくりと目を開けた。
「……あ?　耳もとでうるさい……」
「うるさいじゃないよ!　なんで寝てるの!」
「片付けしてたら眠くなって、寝転がったらそのまま……」
「もー!　玲奈もう来てるから、外に出られないし……。とりあえず湊は、ドア閉めてここに隠れててよね!」
　リビングは荷物が片付いてなくて入れないことにして、私は家のドアを開けた。
　玲奈に焦りがバレないように、自然な感じを演出する。
「待たせてごめんね!」
「ううん、全然大丈夫よ。ひとり暮らしは大変だものね」
　玲奈が、労るように優しく笑った。
　その笑顔を見て、胸がチクッと痛む。
　玲奈に迷惑をかけたくないとはいえ、大切な親友に重大なことを隠してるんだよね、私……。

　私の部屋に入った玲奈は、ぐるっと室内を見回した。
「相変わらずかわいいお部屋ね。亜瑚の部屋ってやっぱり落ち着くわ」
「へへ、そうかな」
「ええ!　家具もそのままだし、実家とそんなに変わらないのね」
「たしかにそうかも。あ、私お菓子とジュース準備してく

るから、ゆっくりしててね！」
「ありがとう」
　玲奈をお気に入りのクッションに座らせると、リビングに向かう。
　リビングのドアを開けると、湊がソファーに座ってスマホをいじっていた。
　ちゃんと隠れてくれてたのね……。
　ほっとしていると、私の顔を見るなり、不機嫌そうな表情を向けてくる湊。
「俺、出かけたいんだけど」
「ごめん！　でも玲奈がいる間は隠れてて！」
「俺らのこと、話しても大丈夫なんじゃない？　佐倉さんだっけ、友達なんだろ？　わかってくれるんじゃないの？」
　湊の言葉に下唇を噛み締めた。
　湊が正しいことを言ってるのは、ちゃんとわかってる。でも、でも……。
「玲奈は大切な親友だから、私の個人的な事情に巻き込みたくない……。迷惑かけたくないの……」
「亜瑚……」
　と、その時。
「亜瑚ー！　お手洗い借りたいんだけど、どこにあるの？」
　廊下の方から私を呼ぶ玲奈の声が聞こえてきた。
　その声は、足音とともにこちらに向かって近づいてきている。
　まずい！　玲奈が私を探しにリビングに来たら、湊が見

つかってしまう。
　玲奈が来る前にリビングを出ていこうと、慌てて駆け出した、その時。
　フローリングにつるっと足を滑らせ、がくんと体が前へ傾いた。
「あっ……！」
「亜瑚っ」
　すかさず湊が私の腕を掴む。
　だけどそれも虚しく、私たちは重力に逆らう間もなくふたり一緒に床に倒れこんだ。
　ドンッと派手な音を立てて、勢いよく腰を打つ。
「いった……」
「大丈夫か？」
　私に覆いかぶさる体勢になっていた湊が、上体をあげて、私を見下ろす。
「うん、なんとか……」
　と、その時。ガチャッとドアが開く音に続いて。
「亜瑚っ……。って、え？　如月、くん……？」
　頭上から、混乱に染まった聞き慣れた声が降ってきた。
　この声は……やっぱり……。
　床に寝転がったままおそるおそる顔をあげると、そこには驚いたように目を真ん丸に見開いた玲奈が立っていた。
　あはは……。そりゃ驚くよね……。私の家に、なぜか学校一モテるクラスメイトがいて、その彼が私に覆いかぶさっているのだから。

「——というわけで、湊と婚約して、今一緒に暮らしてるの……」

　湊と一緒に玲奈の前に並んで座り、ここまでの経緯を説明する私。

　あんな状況になってしまっては、もう隠すことも嘘をつくこともできないと判断したためだ。

「……」

　でも玲奈はうつむいたきり、なにも言わない。

「ごめん……黙ってて……」

「……」

　なおも続く痛い沈黙に、胸が潰れそうになる。

　でも、玲奈の心中を思えば当然だ。こんな大事なことを、親友に隠されていたのだから。

　どんどん膨らんでいく自責の念に、膝の上でぎゅっと拳を握りしめた時。

「——違う」

　不意に、それまで黙っていた湊の一言が、私たちの間に流れる沈黙を破った。

「湊……？」

「違う。こいつは、佐倉さんを巻き込みたくなかっただけだ。迷惑かけたくなくて、こいつはこいつなりの方法で、大切な友達を守ろうとしただけなんだよ」

「……っ」

　思いがけない言葉に、胸が詰まる。

　湊は見たことがないほど真剣な表情で、玲奈に訴えかけ

ていて。
「たしかに友達がいきなり婚約したら困惑するかもしれないけど、ちゃんと亜瑚のことは守っていく。旦那になる男として」
　湊のひと言ひと言が胸に刺さって、ドキンッと心臓が揺さぶられる。
　どうしよう……。こんな時なのに、湊の言葉がすごく嬉しい……。
　今まで言われたどんなセリフよりも頼もしい『守っていく』という言葉が、私の中でこだまして耳を熱くする。
　と、その時。
「……ごめんね」
　ぽつりと、うつむいたまま玲奈が弱々しい声を発した。
「え……？」
「私……私、亜瑚の力になりたかった……！　亜瑚がおうちのことで悩んでいた時、全然気づいてあげられなくてごめんね……」
　気づけば、玲奈の声は震えていて、頬は涙で濡れていた。
「玲奈……」
　それは、思ってもみなかった言葉だった。
　玲奈、優しすぎるよ。
　私はできるだけ優しく、でも離さないようにぎゅっと玲奈を抱きしめた。
「亜瑚……」
「玲奈は隣にいてくれるだけで、もう十分すぎるくらい、

私の力になってくれてるよ……」
　自分のために涙を流してくれる。そんな存在がいてくれるって、本当に幸せなことだ。
「亜瑚……ありがとう……」
　体をそっと離すと、玲奈は涙を瞳に溜めて、優しく笑った。
「でも、これからもなにかあったら頼ってね？　迷惑かけたっていいじゃない。だって、私たち親友だもの」
「えへへ。ありがとう……！」
　友達ってこんなにも温かいものだったんだ。
　その温かさに、鼻の奥がツンとする。
　泣きそうなのを堪えていると、玲奈が、私の隣でなりゆきを見守っていた湊に向き合った。
「如月くん。亜瑚はまっすぐで素直で優しい子です。これからもよろしくお願いします」
「ほんと素直すぎるし、まっすぐすぎるし、こっちがペース乱されてる」
　そう言って、湊が眉をさげてくしゃっと笑う。
「こいつと一緒にいると、毎日飽きないよな」
「ふふ、たしかに」
　微笑ましい感じに繰り広げられるふたりのやりとりを聞きながら、さりげなく明かされた湊の気持ちを知って、なんだか恥ずかしくなる。ふたりでいる時はそんなこと、言ってくれないから。
　照れる。けど、すごく嬉しい。

「亜瑚の結婚相手が、変な男の人じゃなくてよかった」
「まぁ、こいつの面倒みれる男なんて俺くらいだし」
「……って！ ちょっと！」
　照れながらおとなしく聞いていたけど、この発言は聞き捨てならない。
「その言い方、私が手のかかる子供みたいじゃない！」
　食いかかると、湊が涼しい顔して言い返してくる。
「は？　正論だろ？」
「またそうやって子ども扱いして！　今日こそは許さないんだから！」
「あんたに許されなくたって、痛くもかゆくもねーし」
「なんだってーっ!?」
　不毛な言い争いをしている私たちを見て、ぽかんとした顔をしていた玲奈が、いきなり吹き出した。
「ふふっ。ふたりともおもしろいわね」
「おもしろい!?」
　この言い争いが!?
「だって、ふたり、とってもお似合いなんだもの」
「「お似合いじゃない！」」
　綺麗に重なった、私と湊の声。
　そんな私たちを見て、玲奈がまた笑った。
「ほら、息ぴったりじゃない♪」

　それからしばらくおしゃべりを楽しんで、夕方になった。
「今日は楽しかったわ。じゃあまた明日、学校でね」

玲奈がドアの前で振り返り、小さく手を振る。
　私と湊は玄関に並んで、玲奈のお見送り。
「私も楽しかったよ！　気をつけて帰ってね。ばいばい！」
　私もぶんぶんと手を振り返す。
　そしてバタンッとドアが閉まり、玲奈の姿が見えなくなった。
　すると隣に立っていた湊が、肘で小突いてくる。
「よかったじゃん、わかってもらえて」
「うん……！」
　玲奈に話せてよかった。痛んでごちゃごちゃしていた心がすっきりして、今まで以上に玲奈の存在が大きくなったのを感じる。親友の大きさが身にしみた一日だった。
　そして今、こんなふうに思えるのは……。
　私はそう考えながら、隣に立っている湊を見上げた。
「全部湊のおかげ。今日はありがとう」
「俺なにもしてねぇけど」
「玲奈にわかってもらうために、一生懸命説明してくれたじゃない。それに……守るって言ってくれたの、あれ、嬉しかった」
「一応、婚約者だし」
　つっけんどんに返されるけど、私の心はほかほかだった。たぶん、クールな湊の優しさを、見逃さずに見つけられるようになったから。
「頼もしかったよ」
　ふふっと笑い、くるりと向き直って、キッチンに向かう。

「さー! 夜ご飯作ろ!」
 今夜は特別おいしいものを作ってあげようと、私は気合いを入れて腕まくりしたのだった。

 そして夜。
 リビングで湊がソファーベッドに布団を敷いて寝る準備を始めたので、私も自分の部屋に戻り、ベッドに入ることにした。
 布団に寝転がって伸びをすると、今日の疲れが取れていくみたいだ。
 今日もめまぐるしい1日だった。婚約してから、めまぐるしくない日なんてなかったかもしれない。でもその忙しさは、なんでかイヤではなくて。
「ふぁーあ」
 大きなあくびをひとつして、目を閉じる。
 明日もがんばろう……そんなことを考えた時。
 ミシッ……。
「……え?」
 聞きなれない音に、背筋に寒気が走り、一瞬にして体が強張る。
 なに……? 今の音……。
 なにかが軋むような音だ。
 まさか……、お、おば……け……?
 自分で自分の恐怖心を煽りそうになり、慌てて叱責する。
 ダメ! おばけとか考えたら、寝られなくなる!

そう思って掛け布団を目元まで持ち上げ、ぎゅっと目をつむるけど、脳内では怖い想像ばかりが駆け巡る。
　どうしよう、怖い！　寝られない……！
　いても立ってもいられなくなり、逃げるように足早に部屋を出て、湊のいるリビングに向かう。
　リビングを覗くと、湊が布団に寝転がって、スマホをいじっていた。
　湊の姿を見た途端、安堵で体の力が抜ける。
「湊ぉ……」
「ん？　亜瑚？」
　リビングの入り口から声をかけると、私の小さな声を拾い、湊が上半身を起こした。
「どうしたんだよ、そんなとこから覗いて」
「その、一緒に寝てほしくて……」
「は？　なに血迷ってるんだよ」
「へ、変な意味とかじゃなくて……！　さっき突然物音が聞こえて怖くなって、どうしてもひとりで寝られなくなっちゃったの……」
　今からあの部屋に戻ることなんて、絶対にできない。
「お願い……。一緒に、寝て……？」
　素直に頼めば、湊は逡巡する様子を見せ、それから視線をそらすように布団を広げながら呟いた。
「……わかった。一緒に寝てやるから、早く入れよ」
「湊ぉ……ありがとう……！」
　なんだか湊が神様に見える。

湊が布団の端に移動し、空いたスペースをぽんと叩く。
「ほら、ここ」
「う、うん。失礼しまーす……」
　おずおずと布団の中に入る。
　自分から言いだしたとはいえ、いざ男の人と同じ布団に入るとなると、やっぱり緊張するな……。
「なにされても文句言うなよ」
「え!?」
　隣を見ると、湊がべっと舌を出した。
　手の上で転がされているようで、かぁーっと顔が熱くなる。
「さ、さっきは優しいと思ったのに……。最低！」
「そっちが入ってきたんだろ？　それに一応俺ら夫婦になるんだし、あんなことやこんなことくらいあってもおかしくないじゃん」
「やっぱり湊って意地悪!!」
　顔を膨らませて怒ると、湊がふっと涼やかに笑った。
「やっといつもどおりの亜瑚になったな」
「え……？」
「さ、寝よ。俺は眠いんだよ」
　湊はそう言って布団に体を倒すと、私に背中を向け、横向きに寝転がった。
　もしかして、私が怖がってたのを忘れさせようとして、わざとからかったのだろうか。
　湊の不器用な優しさになんだかほっこりして、思わず顔

がほころぶ。
「じゃ、電気消すね」
「ん」
　電気を消して、仰向けに布団に寝転がる。
　隣には湊がいる。でもやっぱり、さっきの奇妙な物音を思い出してしまう。
　恐怖心を押し込めるように、ぎゅっと目をつむった時。不意に、右手が温もりに包まれた。
　私の右手を包み込んだそれは、湊の手で。
「こうしてれば少しは怖くないだろ」
「湊……」
「隣には俺がいるし」
　顔を横に向け、湊の背中を見つめる。
　すっかり見慣れたその背中がなんだか優しくて、温かくて、愛おしく感じる。
　私も湊と同じくらいの強さでぎゅっと手を握り返した。
　湊の手、大きいんだな……。男の人の手って感じ。
　手を握りしめられて、ドキドキ胸がうるさいけど、安心しているのも確かで。
　手に伝わる熱を感じていると、ほどなくして、湊が寝返りを打ち仰向けになった。
　もしかして、もう寝ちゃったの？　早っ！
　思いがけない湊の寝つきのよさに、隣を見ると、すぐそこには湊の横顔。
　近くて緊張する、けど寝顔まで本当に整ってる。

睫毛長いし、鼻筋通ってるし、肌だってすっごく綺麗だし……。全部、作り物みたいだ。
「ねぇ？　湊」
　私は寝ている湊を起こさないように、ささやき声で話しかける。
「……いつも、ありがと。私ね、今でも湊が婚約者だなんて信じられないんだ……。人気者な湊は、私とは住む世界が違うし……」
　囁きかけながら、湊の手をより強く握りしめる。
「最近私、変なの。私より湊に釣り合う人、いっぱいいるんだろうなって思うと、なんかモヤモヤするんだ。彼女とかいたのかな、たくさん恋してきたのかなって、そんなことを考えただけで胸が痛くなるの……」
　私の本当の気持ち。恥ずかしすぎて、本人には口が裂(さ)けても言えないけど。
「でもね、私、最近毎日楽しいんだ。湊と他愛のない話して、同じ時間を共有して、本当にすごく、毎日……幸せ……なんだ……よ……」
　声を紡ぎながらも少しずつ目の前が暗くなって、私は眠りに落ちた。

【湊 side】
「本当にすごく、毎日……幸せ……なんだ……よ……」
　そんな声が聞こえてきたかと思うと突然静かになり、やがて寝息が聞こえてきた。
　実を言えば、ずっと起きていた俺。『起きてる』って言うタイミングを見失ってたら、亜瑚のひとり言が始まって。
　横を見ると、すでに気持ちよさそうに寝ている亜瑚。
「ったく、勝手に不安がってんじゃねえよ……」
　寝てる亜瑚の鼻をつまむと「んー」と声をあげた。
「あんたは、俺のことだけ見てればいいんだよ」
　亜瑚の手を握りしめる。
　隣に誰かがいる、そんな慣れない不思議な感覚の中、俺は目をつむり、静かに意識を手放した。

　――気がつくと、俺は真っ暗な世界を、闇雲に歩いていた。
　なにかから逃げるかのように、やけに気持ちだけが急いでいる。
　……向こうに誰かがいる。
　なぜか足がそちらに引き寄せられていく。
　走って近づくと、それは女のうしろ姿だった。
　また数歩女に近づいた、その時。ドックンッ……と心臓が低い音を立てて鳴った。
　あ……、あ……。ダメだ………。
　頭ではわかっている。その女に近づいてはいけないと。

だって俺はその人から逃げていたんじゃないのか……？
　でも、なぜか足が止まらない。思いとは裏腹に、体が動いてしまう。
　そしてついに、女に向かって伸ばした手が触れた。
　それに応えるように、女がゆっくりとこちらを振り返る。
　振り返った女の顔を見て、俺の心が凍りついた。
　俺と目が合うと"あの笑み"を浮かべ、口を開く女。
　なにも……なにも言うな……。やめてくれ………。
　そんな嘆願を裏切るように、女の口は動き続ける。
『アンタナンカ』
　やめてくれ……。
『アンタナンカ、ウ……』
「湊！　湊!!」
　その時、女の声を遮って、別の声が頭の中にこだました。
　意識を引っ張られるようにはっと目を覚ますと、すぐ横に不安そうに俺を見つめる亜瑚の顔がある。
「亜、瑚……」
「よかった～！　うなされてたから心配した～……」
　胸をなで下ろした亜瑚の顔に安堵が広がる。
　気づけば俺の背中は、汗でびっしょり濡れていた。
「イヤな夢でも見た？」
「あ、あぁ……」
　あの夢……久しぶりに見た。
　まだ異常に鼓動が急いている。
「たまに見る……。イヤな夢」

ぽつりとそうこぼせば、亜瑚が隣でぎゅっと下唇をかんだような気配。
「そうなんだ……。でも、大丈夫！　これからは湊がイヤな夢見ても、私が起こしてあげるから！」
「え？」
　思いがけないはつらつとした声に目を見張って隣を見れば、亜瑚がまっすぐに強い瞳で俺を見つめていて。
「さっき、湊が私が怖がってたの和らげてくれたみたいに、私も悪夢から湊を助けるよ！」
　そう言って、亜瑚は笑った。温かくて、不安もなにもかも吹き飛ばしてしまいそうな、そんな笑顔。
　ばかなくせに、お子ちゃまなくせに、なんでこんなにもこいつは、俺が欲しい言葉を惜しげもなく投げかけてくれるのだろうか。
「ありがとな」
　亜瑚の手をもう一度握りしめる。
　すると亜瑚も笑って、手を握り返してくる。
　俺たちはおたがいの存在を確かめるように、ぎゅっぎゅっと何度も手を握りしめあった。
「えへへ」
　亜瑚が目を細めて嬉しそうに笑う。
　できることならこの手を離したくない。繋ぎとめておけたらいいのに。
　亜瑚の無垢な笑顔を見ていたら、なぜか無性にそう思った。

まだ知らない君の顔

【亜瑚side】
「おい、起きろよ、亜瑚」
「ん……」
　誰かに体を揺すられ、重い瞼を開けて目を覚ますと、すぐ目の前にはイケメンの顔。
「……王子様……？」
「は？　寝ぼけてんの？　俺だよ、湊」
　頭がやっと、イケメンの顔を認識して……。
「あ！　湊！」
　ガバッと布団を押し退け、起き上がる。
「やっと起きた。もう７時だよ」
「えっ」
　壁に掛けてある時計を探して見ると、いつもなら朝ご飯を作っている時間だ。
「大変!!　朝ご飯作らなきゃ!!」
「まったく。世話のやける婚約者をもつと大変だな」
　焦ってゴソゴソとベッドから出ようとした私の頭上から、やけに余裕を感じさせる声が降ってきた。
「へ？」
「ぐうすか気持ちよさそうに寝てるから、できた婚約者が朝食作ってやったよ」
　見ると、湊は制服の上に私のカーキ色のエプロンを着ている。
「えっ！　うそ！　ほんと!?」
　今回ばかりは本当に助かった……。今から朝ご飯を作っ

てたら、学校には間違いなく遅刻だった。
「ありがとう、湊！」
「早く食おう。腹減った」
「うんっ！」
　湊に促されてリビングに行くと、テーブルの上にはホカホカ湯気の立つ朝ご飯が並んでいた。今日は和食メニューだ。
「うわ〜！　おいしそ〜!!」
　私たちは、向かいあってテーブルに着いた。そしてふたり同時に手を合わせる。
「「いただきます」」
　始めに湯気の立つ、しじみのお味噌汁を啜ると、しじみの旨味が口に広がった。
「うわっ！　すっごくおいしいよ、湊！」
「それはそれは、よかったです」
　湊ってば、ちゃんと私のエプロン着てるし、主夫って感じだ。
　おいしい朝ご飯を黙々と食べていると、不意に湊が箸を置いた。
「なぁ、亜瑚」
　名前を呼ばれ、顔をあげる。
「ん？　なぁに？」
「俺、彼女とかいたことないから」
「へ？」
「じゃ、ごちそうさま」

一方的に話を切りあげると、湊は立ち上がり食器を片付けにキッチンへと行く。
　ひとり取り残された私は首を捻(ひね)る。
　湊ってば、なんでいきなりそんなこと言い出したんだろ。
　でも、彼女がいなかったと知って、ちょっと嬉しい自分もいる。
　ううん……、全然ちょっとじゃないかも。心がスッと晴れていく感じ。ずっと心に引っかかってたけど、直接本人には聞けなかったから。
　もしかしたら昨日の夜、湊に言ったことが伝わったのだろうか。
　ま、そんなわけないか！　湊、寝てたし！
　そんなことをひとりで考えていると、湊がリビングに戻ってきた。そして。
「亜瑚は？」
　エプロンを畳(たた)みながら、突然話を振ってきた。
「ん？　なにが？」
「だから、亜瑚はいたことあるの？　彼氏」
「えっ？」
　想定外の質問に、目を丸くする。まさか私がそんなことを聞かれる立場になるなんて。
　私は笑いながら手を横に振った。
「彼氏がいたことなんてないない！　だからね、誰かとのお付き合いの経験もなく、いきなり婚約なの」
「ふーん」

我ながら、波瀾万丈な人生を歩んでいると思う。
「それにしても、湊が彼女いなかったなんてびっくり。モテモテだから彼女たくさんいたかと思ってた」
　すると、湊がエプロンを畳む手を止めた。そして目を伏せ、小さな声で呟く。
「俺は誰のことも好きになれないから」
「え……？」
「早く食べないと遅刻するよ」
　私が口を開く前に、湊がリビングを出ていった。
「湊……」
　私の声は誰に届くこともなく、リビングの白い壁に吸い込まれていく。
　なんだか、すべてをあきらめてしまったような、そんな口調だった。
　湊はときどき、すごく暗い目をする。悲しくて、辛くて、さみしくて……いろんな色が混ざりあった、そんな瞳。
　その表情を前にすると、根拠はないけど……湊が私の手の届かないところに行ってしまうのではないか、という気持ちになる。
　ひとつ屋根の下で暮らしていても、私にはまだまだ知らない湊がいて。
　いつか、どんな顔も見せてくれる、そんな日が来るのかな。
　箸を握りしめ、そんなことを考えこんでいた時。
「……亜胡」

頭上から湊の声が降ってきて、顔をあげると。
　——ふにゅっ。
　湊が片手で、私の両頬を指でつまんだ。
「ひょ、ひょっほ（ちょ、ちょっと）！　はひふんほ（なにすんの）！」
　突然レディーのほっぺを潰すなんて、どういうつもり!?
　両頬をつままれたままぷんすか怒っていると、湊が真顔をずいっと近づけた。
　唐突に視界いっぱいに湊が映る。
「あんたは、俺の隣でへらへら笑ってればいいんだよ」
「ふぇ？」
「じゃ、俺行くから。また学校で」
　そう言って湊は私のほっぺから手を離すと、リビングを出ていった。
「……湊……」
　へらへら、か。湊がそれでいいと言うのなら、それでいいのだと思えてしまうから不思議だ。
　悩んでいたいろいろなことが、湊のたったひと言で浄化されてしまった。
　やっぱり湊ってすごい。
　だんだん、私の心の中で、湊が占める割合が大きくなっている気がする。
　湊の心の中でも、同じくらい私が占める割合が大きくなってたらいいな……。
　……なんてね。

ヤキモチ

【湊side】
　昼休み。俺はいつものように、教室の端で祐馬と机を囲み、亜瑚特製の弁当を食べていた。
　他愛のない話をしていると、いきなり祐馬のスマホが鳴る。
「スマホ鳴った」
「えっ？　あ、マジだ！」
　ズボンのポケットからスマホを取り出し、しばらくいじっていたかと思うと、突然顔をあげる祐馬。
「なぁ、湊に合コン来てほしいんだって。他校の女子たちから直々にご指名☆」
　ピカンと星を飛ばしてピースされたって、答えは最初から決まってる。
「俺は行かない」
「うわー、即答。こんなの聞いたら女の子たち泣いちゃうよ〜。でも、ま、婚約したてほやほやの男が合コン行ってたらマズいか」
　祐馬が大きな黒縁メガネを直しながら、ケラケラ笑う。
　ときどきこうして祐馬から合コンの誘いがあるものの、俺はいつも断っている。今までは合コン自体に興味がなかったから断っていたけど、今は一応、婚約者がいるし。
「あーあ。でも湊がいれば女の子たちも喜んでくれるし、きっと盛りあがるのになー」
　ぶーぶーと口を尖らせて、再びスマホをいじり始める祐馬。

そんな祐馬にくすりと笑って、また弁当に手をつけよう
としたその時、不意に隣の席で弁当を食べていた3人組の
話が耳に入ってきた。
「なぁなぁ！　佐倉、相変わらず綺麗だよな！」
「それなー。大和撫子（やまとなでしこ）っていうの？　控えめで大人っぽい
けど、凛としてて超美人」
「高嶺の花って感じだよな」
　3人組は佐倉さんの方を見て話してる。
　へー、佐倉さんってモテるのか。と、そんなことを考え
ながらも、軽く聞き流していた時。
「でもさ、佐倉と一緒にいる来栖もいいよな」
「あーたしかに。いっつも笑ってるし、顔もかわいい」
「佐倉は高嶺の花だから、付き合うとしたら来栖かもな」
　……あいつが？
「よし、メッセージ送れた☆　って湊、なんでそんな怖い
顔してんの!?」
　祐馬がスマホを切ってこちらを見るなり、驚いたような
声をあげる。
「え？　怖い顔？」
「しかもペットボトル握り潰しちゃってるし」
　祐馬の視線を辿（たど）るように手もとを見ると、たしかにそこ
には握りつぶされたペットボトルが。
　無意識のうちに潰していたらしい。
「クールな湊（みずう）が珍しい。どしたん？」
　どうしたって言われても……。

「いや……、亜瑚のことかわいいだとか、付き合うなら亜瑚だとか、そんなこと聞いてたら、無性に腹が立ったっていうか……」

　正直に思ったままを話すと、祐馬がなにかに気づいたようにニヤッと笑った。
「はっはーん。なるほどなるほど☆」
「なんだよ、ニヤニヤして」
「えっ、気づいてないの？」
「なにを？」

　その時３人組が、亜瑚と佐倉さんに話しかけてるのを見つけた。

　気にしなきゃいいのに気になって、目が勝手にそっちを追いかけてる。

　なんだよあれ。なんか……イヤだ。
「ちょっと行ってくる」

　ペットボトルを置いて席を立てば、祐馬の嬉しそうな声が返ってきた。
「いってらっしゃーい☆」

【亜瑚 side】
「ねーねー！　俺らとちょっと話そうよ！」
　玲奈とお弁当を食べていると、突然クラスメイトの男子3人が話しかけてきた。
「うん！」
　そうは言ったものの……。んーと、この人たち名前なんだっけ……？
　どうしよう。『名前教えて』なんて、申し訳なくて言えないし……！
　必死に名前を思い出そうとしていると、そのうちのふたりの男子が、乗り出すように私の机に手をつき、話しかけてきた。
「来栖って彼氏いんの？」
「へっ!?　彼氏!?」
『彼氏っていうか婚約者がいます！』……なんて言えるわけないし……。
「んーと、その……」
　返事を詰まらせていると、なぜか男子たちの顔にからかうような笑みが広がっていく。
「お？　その感じは彼氏いるの？」
「えー、残念だなー」
「いや、いるとか、そういう感じじゃ……」
「彼氏、誰？　このクラスにいんの？」
「ねぇねぇ、俺たちに乗り替える気とかない？」
　ずいずいと顔を寄せてきて、ふたりともなかなか引いて

くれない。
　どうしよう……。と、応答に困っていたその時。
　──パシッ。
　いきなり誰かにうしろから手首を掴まれた。
「えっ……？」
　顔をあげて見ると、手首を掴んだのは……湊だった。
「みっ……如月くん!?」
　湊の突然の登場に、驚いたのは私だけではなかった。男子ふたりも、想定外だったのか驚きの声をあげる。
「如月!?」
「来栖さんに用があるから、ちょっと借りる」
「あ、あぁ」
　一方的に話をつけると、湊は状況を把握できていない私の手を引っぱって、教室を出た。
　注目を浴びる中で、突然あんなことをするなんて。こっちを見てくれないから、湊がなにを考えてるかわからない。
「ねぇ、どうしたの!?」
　私が呼んでも、湊は振り返らず、廊下をずんずん進んでいく。
　そして、屋上へ続く階段をのぼり、踊り場で立ち止まると。
「みな、」
　呼びかけた私の声を遮るように湊は腕を伸ばし、私の顔の横を掠めて壁に手をついた。
　私の体は、湊の体と壁の間に挟まれる。

えっ……？
　思いがけない状況に、ドックンと心臓が低く鳴る。
「ちょ、ちょっと！　誰かに見られたら……っ」
　そう言いかけたけど、湊に真剣な瞳で至近距離から見つめられ、思わずなにも言えなくなる。
　やっと目が合ったかと思えば、前髪の隙間からわずかに覗く湊の瞳は、見たこともないほどの熱をはらんでいて。
　湊はとまどう私のことなんかお構いなしに、耳もとに顔を近づけてくる。
　そして耳もとで、低く掠れた声で囁いた。
「なぁ、あんたの旦那になる男は誰？」
　甘い吐息が耳にかかって、耳から全身にすごい勢いで熱が伝わる。
「み、湊、だよ……」
　心臓が痛いくらい鳴っているのを気づかれないように目をそらしてそう答えると、湊は顔を離して満足そうに笑った。
「そ。なんか、それが聞きたくなって」
「へ……？」
「じゃあまたな、"来栖さん"」
　そして湊は壁から手を離し、私の頭をぽんと軽く叩くと、歩いていってしまった。
　私はそのうしろ姿を見ながら、動くこともできずに、その場に立ち尽くす。
　な、なんなのよ、あいつ。いきなり連れ出したかと思っ

たら、あんなこと……。
　あぁ、痛い。心臓が痛い。
　あぁ、熱い。体中が熱い。
　この気持ちは、いったいなに……？

ふたりで見る景色は

【亜瑚side】
「うわーーん！　湊様、許してーー！！」
「許さない」
　今日は５月始めの日曜日。時刻は午後１時。
　その日その時、私の部屋では、鬼と化した湊が丸めた教科書を持って、半泣きの私の前に仁王立ちしているという地獄絵図が繰り広げられていた。
　どうしてこんなことになっているのかと言えば、時を遡ること１時間ほど前。
『湊、お昼なに食べたい〜？』
　ソファーでレシピ雑誌をめくっていた私は、リビングで掃除機をかけていた湊に問いかけた。
『んー、なんだろ』
『リクエストがあったら作ってあげる！　日曜日だし！』
『じゃあ、』
　リクエストが返ってくる、というところで、湊の声がぷつんと途切れた。
　数秒待っても続きが聞こえてこなくて、どうしたんだろうと湊の方に顔を向けると、それと同時に湊が掃除機のスイッチを消した。そして、ゆっくりとこちらを振り返る。
『おい、なんだよこれは……』
　怒りに震える湊が持っていたのは、１枚の紙。
　イヤな予感がしてじっと目をこらした私は、その紙の正体が判明するなり『ひぃぃっ！』と恐れおののいた。
　それは、私が紛失してしまっていた、19点という恐ろ

しい点数をとった数学の小テストだった。
　こっそり探して抹消しようと思っていたのに、すっかり忘れていた。しかもそれをよりによって湊に見つかるなんて、来栖亜瑚、一生の不覚……！
『なんだよ、これは』
　地を這うような、めらめらと怒りをこらえ切れていない声で追いつめてくる湊。
『そ、それは、たしか私の小テストだと思い、ます……』
『そんなことはわかってるんだよ』
　反論の余地もなく言い伏せられ、首をすくめる。
『は、はいぃぃっ』
『この点数はなんの冗談？』
『ちょ、ちょっとその日は油断してたっていうか、突然だったからっていうか……』
『抜き打ちなのはだれでも同じなんだよ』
　必死に編み出した言い訳も、湊によって容赦なくバッサリ斬り捨てられる。
　唇の端はつり上がってるのに、まったく目の奥が笑ってない。かつてないほどにガチギレだ、これ……！
『明日、なんの日だっけ？』
『明日は……中間テスト、です……』
『そうだよなぁ。今から俺が、たーーっぷり数学を教え込んでやるよ……』
『きゃーー!!!!』
　……というわけなのだ。

か弱い私は、勉強大魔神・湊の手に捕らわれ、自室の小さなテーブルで延々と問題集を解かされている。
　だけど今日、私には、ずーっとずーっと楽しみにしていたことがある。
　シャープペンを持つ手を止めると、私は決死の覚悟でその場で土下座した。
「お願いします、湊様……！　花火大会に行かせてください……！」
「ダメ」
　全力のお願いもあっさり却下され、思わずガクッと肩を落とす。
「そんなぁ……」
　ちょうど今日、五月祭りと言って、たくさんの屋台が軒を連ね花火も盛大に打ち上げられるお祭りが催されている。その規模は、7月末にある夏祭りにも引けを取らないほど。
　ここに引っ越して、このマンションからお祭り会場が徒歩数分ということを知り楽しみにしていたのに、まさかテスト勉強のために缶詰状態にされるなんて。
　なんとか抜け出したいけど、中間テストのためにちょこちょこ勉強は積み重ねてきたことを訴えたところで、あの19点のテストを前にしたら、説得力の欠片もない。
　マンションの外からは、もうすでにお祭りの音楽や人々の喧噪が漏れ聞こえてきていて、それがさらに行きたい気持ちを助長させる。

「うわーん。お祭り行きたかった〜！」
「明日テストなんだから仕方ない。佐倉さんだって、テスト勉強してるんだろ」
「うう、それはそうだけど……」
「なら、ごちゃごちゃ文句たれてないでやる。そもそも、あんたがあんな点数とってるのが悪いんだから」
「しょ、しょうがないでしょ」

　ぐうの音も出ないほど正論を並べ立てられ、ばつが悪くなって渋々数学の問題を解きだす。
　だけど、再開してすぐ行き詰まった。
　んん、これ、どうやって解くんだっけ……。
　解法がわからず、うーんと頭を捻っていると、不意に机の反対側に湊が腰を下ろした。
「どこがわからないの」
　透き通った声で聞かれ、すでにギブアップ状態の私は藁にもすがる思いで問題集を指さした。
「ここ……」
　すると、湊が私の筆箱から１本のペンを取り出し、それで問題文を指し示す。
「ここの答えを求めるんだから、まずここを割る。そうするとここの答えが出るから——」
　疲弊した頭で説明を聞いていた私は、気づけば聞き入るように段々と前のめりになっていた。
　湊の説明は、驚くほどにわかりやすい。理論的にひとつひとつ説明してくれるから、順序を立てて解法が理解でき

る。
「おお、なるほど……！」
　湊の言うとおりに解いていき、無事に答えを導き出せた私は、思わず感嘆の声を漏らした。こんなにすんなりと数学が理解できたのは初めてかもしれない。
「湊、教えるの上手だね……！」
「そう？」
「うん！　今の問題、これからいつ遭遇しても解ける気がする！」
「なら、よかった」
　湊がふっと表情を緩めて笑う。さっきまで大魔神かと思うくらい怖かったのに、こんなふうにギャップを見せるのは、ちょっとずるい、と思う。
　なんとなくどぎまぎしてしまい、再び問題集に意識を戻す。
　問題集を自力で解いていき、わからない問題にぶつかったら湊に聞くというふうなスタイルで進めていくと、自分でも驚くくらいに勉強が捗った。多分、見られているという状況と、湊の教え方がうまいせい。
　そういえば、湊って女子からよく勉強を教えてって言われてたっけ。単にそれは、勉強にかこつけたふたりきりになるための口実だと思っていたけど、湊が勉強を教えるのが上手だということを知っていたからだったのかもしれない。たまに男子が勉強を教えてって泣きついているのも目撃するし。

そんなことを考えながらシャープペンを走らせていると、また解けない問題にぶつかった。
「ねぇ、湊、この問題教えて？」
「どれ？」
「ここ」
　問題文を指さすけど、長文問題だからテーブルを挟んで反対側に座る湊は読みづらそうだ。
　私は膝立ちで、湊の隣に移動した。そしてあらためて、わからない箇所を指す。
「この問題の解き方がわからなくて」
　すると、湊が問題集に視線を落とし、説明を始める。
「これは、この公式を応用して——」
　まるで魔法のように、するすると解法があきらかになっていく。あれだけややこしく感じていた問題のハードルが、ぐんと一気に下がったような感覚を覚える。
「っていうことは……できた！」
　湊の説明どおり解いていくと、私にも正解を導き出すことができた。
「ありがとう、湊！　湊のおかげでわかった～！」
　隣に笑顔を向けた瞬間、睫毛を伏せた湊の横顔との距離の近さを今更ながら自覚した。その距離は、下手に動けば鼻の先と頬が触れそうなほど。
　まずい。勉強に夢中で、つい……！
「あ、ごめ、」
　とっさに離れようとした時、それより早く手首が掴まれ

て。
　そのままぐいっと引っぱられたかと思うと、状況を理解する間もなく視界が反転し、私は背後にあったベッドにもたれるように背中を押しつけられていた。
「み、なと……？」
　混乱したまま、私に覆い被さるような体勢の湊を見上げる。
　すると、その微かな呼びかけに答えるように湊が顔をあげた拍子に、隠れていた瞳が前髪の隙間から覗いた。いつも冷静なその瞳は、今は見たことがないほど熱をはらんでいて。
「み――」
　掠れる声を振り絞り、もう一度名前を呼びかけて、でもそれは湊のひどく澄んだ声によって阻まれた。
「あんたさ、無防備すぎない？」
「え……？」
　ベッドをも揺らしてしまいそうなほど鼓動が暴れる。体が異様な熱を帯びる。
　固まってしまったかのように身動きをとれないでいると、不意に湊の声が降ってきた。
「亜瑚の睫毛、長い」
　そして無遠慮に手が伸びてきたかと思うと、その手が顔の輪郭に添えられ、くいと軽く持ち上げられる。
　至近距離で瞳が重なり合い、視線を絡め取られるようで。
　もう、限界……っ。

「……あんまり、見ないで……」
 捕らえられていた視線をそらし、ようやく抗えたかと思うと、いつもより棘をはらんだ湊の声が落ちてきた。
「男といるってこと、忘れるなよ、ばか」
「な……」
「お茶、入れてくる」
 突然そう言ったかと思うと、手首から手が離れ、体を起こした湊が部屋を出ていく。
 な、なんだったの、今の……。
 ひとり部屋に取り残され、ベッドに寄りかかった体勢のまま呆然とする私。まだ、心臓は落ち着かないままだ。
 あらためて、強く知らしめられてしまった。湊が、男の人だということを。
 ……でもなんで、私はこんなにドキドキしているんだろう。湊の気持ちも私の気持ちも、なんだか不明瞭でよくわからない。
「う～、考えるのはやめやめ！」
 難しいことばかり考えようとする思考回路を阻むようにぶんぶんと頭を振ると、私はシャープペンを持ち、再び問題集に向き直った。

「はい、お茶」
 部屋に入ってくるなり、そう言ってお茶が注がれたマグカップを差し出してきた湊は、いたっていつもどおりの湊で。がちがちに構えていた私は、逆に拍子抜けしてしまっ

た。
「問題、解けた？」
「うんっ。ばっちり、だと思う！」
　湊がいつもどおりなら、私もそれにならうだけだ。私は、威勢よく回答の埋まった問題集を湊に提出した。
「湊先生、どうですか……？」
　正座してそわそわと採点結果を待っていると、マグカップに唇を添え、問題集に視線を走らせていた湊が顔をあげた。
「よくできたじゃん。全問正解」
　その顔に微笑が浮かんだのを目にした途端、歓喜と達成感が勢いよく込み上げてきた。
「やった〜!!!!」
　やればできるじゃない、亜瑚……！
　天井に向かってバンザイをして自画自賛した、その時。
　——ドーンッ。
　遠くから微かに聞こえてきた爆発音のようなものを、耳が拾い取った。
　もしかして、この音、花火……？
　勉強に夢中になってしまってすっかり忘れていたけど、壁に掛けた時計の針はもう夜7時を指している。
　お祭り、やっぱり行けなかったな……としょんぼりうなだれた、その時。
「亜瑚、おいで」
　不意に、ふわりと落ちてきた湊の柔らかい声。

「へ？」と顔を上げれば、湊がなにも言わずに立ち上がる。
　ついてこいということなのだろうか、湊が部屋を出ていったから、私もその背中を追って部屋を出た。
　私の部屋以外の電気は消されていて、何事だろうと首を捻りながらリビングに足を踏み入れたその時、視界で眩しい光が突然パァンと弾けた。
「……っ」
「ここ、特等席なんだよ」
　振り返りそう言う湊の背後で、再び大輪の花火が打ち上がり、湊の輪郭をくっきりと浮かび上がらせる。
「すごい……、綺麗……っ」
　出窓に駆け寄り、リビングに出ると、手を伸ばせば届きそうなほどすぐそこの空で、鮮やかな花火が次から次へと咲き誇っていた。
　あまりの迫力に、目を見張らずにはいられない。
「こんな近くで花火を見たの、初めてかもっ」
　乗り出すように手すりを掴み、思わず嬉々とした声をあげてしまう。
　住宅街の中に建つ高層マンションだから、前を遮るような建物がなく、その姿をまるまる視界に収めることができるのだ。
「ここからの花火、亜瑚に見せたら喜びそうだと思って」
　背後のリビングから、そう言う湊。
　なぜか、湊がベランダに出てくる気配はない。
　私はくるっと体の向きを変えると、リビングに戻って湊

の手を引っぱった。
「なっ」
「いいからいいからっ」
　「俺は、」と躊躇を見せる湊を引っ張り、ベランダに連れ出すことに成功した。
「湊も見よう？　ふたりで見た方が、綺麗だよ」
　笑ってそう言えば、呆気にとられたように私を見つめる湊。
　私、そんなに変なことをしただろうか。
　と、そこで私はあることをピンと閃(ひらめ)いた。
「そうだ！　お腹空かない？」
　聞きながら、私のお腹はペコペコだった。唐突にテスト勉強が始まってしまい、食べたものと言えばお昼にかじったトーストくらいだったから。
「……たしかに、空いたかも」
「それじゃあ、コンビニでなにか買ってくるから、花火見ながらふたりで食べようよ！」
　我ながら素敵すぎる思いつきに、心が舞い踊る。
　そうと決まれば、花火が終わってしまう前に早く行かないと……！
「じゃ、ちょっと買ってくるね！」
　そうして、勢いよくベランダを駆け出ようとしたところで。
「待って」
　湊にうしろから手を掴まれ、私は振り返った。

「どうしたの？」
「俺も行く」
　予想外の提案に、私は思わず目を見張る。
「え、でも、ふたりで行くのはまずいんじゃ……」
「マスクしてキャップかぶれば、ある程度はごまかせるだろ」
「湊……」
「こんな時間にひとりで行かせられないし」
　暗闇の中で、湊の声が丸みを帯びた気がした。
　これは……甘えちゃってもいいかな？
「へへ、ありがとう、湊」

　そして、私たちはマスクをして目深にキャップをかぶるという不審者感バリバリの出で立ちで、マンションを出た。だけど通り過ぎていく人たちの視線はみな、上空の花火へと向けられていて、悪目立ちすることは回避できた。
　それにしても、さっきから浴衣を着たカップルばかりが目につく。今はこんな格好だけど、私たちが並んで歩いていたら、恋人同士だとか、そんなふうに思われたりするのかな。もしそうだとしたら……ちょっと、嬉しいかもしれない。
　極力一緒に出かけないようにしているから、湊とふたりで外に出るのは新鮮だ。
　隣を歩く湊を仰ぎ見れば、その瞬間、キャップの影になった湊の整った目元を花火の光が照らした。

見上げていると、私の視線に気づき「ん？」と湊が聞いてくる。そんなやりとりですらなんだかくすぐったくて、私は「へへ、なんでもない」と笑って返した。

　徒歩10分ほどの場所にあるスーパーは、眩しい光を放って営業していた。
　ふたり分の夕食を買って、花火が終わる前にと急いでマンションに戻る。
　すると、リビングの出窓から、元気に咲き誇る花火が私たちを出迎えた。
「よかった、まだ花火やってる……！」
「間に合ったな」
　出窓のすぐそばのフローリングに座り、先ほど買ってきたふたりぶんの肉まんと缶ジュースを早速広げる。この位置からなら、花火もよく見える。
「じゃあ、いただきまーす」
「いただきます」
　そう声を揃えて言うと、花火が元気に打ち上がる夜空の下、肉まんにかぶりつく。途端に、口の中に熱々の肉汁が飛び出した。
「ほわ、熱っ……」
「そりゃそうだろ」
　はふはふと口を動かし口内を冷まそうとする私を見て、湊が苦笑する。
「へも、おいひい！」

「じゃあ俺も」
　隣で湊が、肉まんをかじった。
「どう？」
　咀嚼する湊を見つめ、その反応を窺う。すると。
「ん、はは、うまい」
　そう言って、眉を下げてなぜか楽しそうに笑った。
　思いがけない湊のリアクションに、ついテンションが上がってしまう。
「でしょ〜っ？　コンビニの肉まんって、なんかやみつきになるよね」
　学校帰り、何度友達と寄り道して、このコンビニの肉まんを食べたことか……。
「俺、初めて食べた」
「うそっ」
　中学時代を懐古していた私は、予想外の告白に、そんな人が日本にいたなんてと思わず目を見張る。
「ここからちゃんと花火を見たのも初めて」
「え〜！　もったいない……！」
　そういえば、さっきもなぜか湊は花火を見に出てこようとはしなかった。
「亜瑚と一緒に暮らすようになって、初めてばっかりかも、俺」
　空に向かってぽつりと放たれたそのつぶやきは、じんわりと特別な響きを持っていたような気がして、なんとなく鼓動がざわめく。

「……それって、いいこと？」
「いいことなんじゃない？」
　湊がそう答えた、その瞬間。打ち上がった花火に照らされ、私に向けて涼やかに微笑む湊が映し出された。
「……っ」
　不覚にもドキッと心臓が揺れ、それと同時に私がここに来てよかったと、自惚れかもしれないけどそう言われているような気がして胸の奥が熱くなる。
「花火って、こんなに綺麗だったんだな」
　隣から浸るような湊の声が聞こえてきて、私も空を見上げて同調する。
「ね。私は湊と見てるから、余計綺麗に見えてるのかもしれない」
　根拠はないけど、他の誰でもない、湊と隣り合って同じ景色を共有しているからこそ、こんなにも花火が眩しく見えるように感じた。
　今日見た花火を、多分私は一生忘れない。

　お祭りが終わり、自室に戻った私は、明日の中間テストに向けて再び問題集を開いた。
　綺麗な花火を見て、心が豊かになったからかもしれない。そして、せっかく勉強を教えてくれた湊に、報いたいという気持ちがあったというのも本音で。
　集中してシャープペンをかりかり動かすこと、約3時間。夜中の0時を回ったところで、明日に備えるためにも就寝

することにした。
　集中していてすっかり水分補給を怠っていたから、喉が渇いた。寝る前に水を飲もうと、張りつめた背筋を伸ばしながらリビングに向かう。
　リビングはもう明かりが消されていた。
　ソファーで湊が眠っているはずだ。起こさないように、そーっと足音を忍ばせてキッチンに向かおうとしたところで、私は窓を覆うレースのカーテン越しに、ベランダに佇むうしろ姿を見つけた。
　あれは、もしや……。というか、もしかしなくても。
「湊？」
　出窓を開けながらたったひとりの同居人の名前を呼ぶと、手すりに肘をついて空を見上げていた湊が、私の声を拾い取ってこちらを振り返った。
「亜瑚」
「眠れないの？」
「んー、なんとなく空が見たくなって」
「あんなに見てたのに？」
「そうなんだよね」
　私も湊に並んで手すりに肘を置き、頭上に広がる空を見上げた。数時間前まであんなに賑やかだった大きなパレットは、今はもう閑散としていて、漆黒の中わずかの星が控えめに瞬くだけだ。
　くしゅんとくしゃみが出た。室内にいると気づかないけど、5月の夜はまだ風が冷たい。

上着でも着てくればよかったと、そんな後悔が頭をよぎった時。
「これ、着てなよ」
　そんな声とともに、私の肩にふわりと温かいなにかが降ってきた。
「え？」
　甘い香りを放つそれは、湊が羽織っていた寝間着用のパーカーだった。
「大丈夫だよ……！　湊が冷えちゃう」
「いいから。俺、下に重ね着してるし。亜瑚に体壊されたら困る」
　まっすぐにそう言い伏せられたら、受け入れるしかなくて。
「……ありがとう、湊。すごくあったかい」
　肩にかけられたパーカーの端をぎゅっと握りしめ、温もりに浸っていると。
「さっき、」
　ふと、湊が空に向かって声を発した。
「ここからちゃんと花火見たことないって言ったけど、小さい頃住んでたアパートでは、こうやって花火見てたこと思い出した」
　幼い頃のある日を懐古する湊の声は、闇夜に溶けそうな、そんな透明感を持っていた。
「そうだったんだ」
「でも、イヤな思い出があって、それからずっとベランダ

を避けてた。こんな近くに綺麗な空が見えるなんて、知らないフリして生きてきた」
「湊……」
　思いがけない、湊の告白。
　湊が経験した、イヤな出来事ってなんだろう。聞いてみようかと思ったけれど、私が口を開く前に湊が続けていた。
「だから、感謝してる。ありがとな、亜瑚。俺のことを連れ出してくれて」
　そう言って、柔らかく笑う湊。
　なんだか吹っ切れたような笑顔を見ていると、今はあまり過去のことを思い出したくないのかもしれない……なんて思って。
　いつか湊が話したいと思った時、ゆっくり教えてもらえたらいいな。
　私は手すりをぎゅっと握りしめて、口を開いた。
「私も、湊にお礼を言いたかったの。今日1日、勉強を教えてくれてありがとうって。湊は突き放さないで一緒に付き合ってくれた。それって、私のことを考えてくれてるからだもんね」
　夜空に紡がれていく自分の声が、心の中を映し出すかのように凪いでいることに気づいた。たぶんそれは、湊と出会っていろんな形の優しさを知ることができたから。今日も、湊は自分だってテスト前日なのに、その大切な日を私のためにくれたのだ。
「最初は勉強なんてイヤでイヤでしょうがなかったけど、

なんでだろうね、湊と同じ時間を共有したってだけで、いつの間にか今日も私にとって大切な1日になっちゃった」

　そう言って、ほころんだ顔を隣の湊に向けた。と、その時だった。手すりを掴んでいない方の腕をぐっと引っ張られたかと思うと。

「み、」

　私の声はぷつんと途切れ、気づいた時には湊の腕に強く抱きすくめられていた。

「……っ？」

　な、なに……？

　突然のこの状況に追いつけず、あたふたと必死に思考を動かす。

　私、湊に抱きしめられてる!?　なんで……!?

　体内の血が沸騰したかのようにドクドクと脈を打ち、体がすごい勢いで熱を帯びる。

　混乱したままの私の耳元で、湊が掠れた声を吐き出した。

「言ったじゃん。男といるってこと、忘れるなよって」

　でもその声はあまりにも微かで、私には拾い取ることができなくて。

「え……？」

　そう聞き返した、次の瞬間。

「……あ〜、あったかい」

　拍子抜けするほど、この状況にそぐわないのんびりとした声が、首元から聞こえてきた。

「……へ？」

思わず素っ頓狂な声をあげてしまう。
「亜瑚って、お子ちゃま体温だよな」
　私を抱きしめたままからかってくる湊の声は、すっかりいつものトーンで。
　抱きしめたのって、もしかして私で暖をとるため……!?
　状況についていけずにいると、体を離し「風邪ひく前に戻りなよ」と言って、何事もなかったかのように湊がベランダを出ていく。
　ひとり取り残された私は、リビングの暗闇に消えていくそのうしろ姿を呆然と立ち尽くして見つめる。
　だって、私を抱きしめた湊の腕が、なんとなく震えていた気がしたから。
　どうしたんだろう、なにかあったのかな……。
　聞きたかったけど、聞けなかった。湊が、本心を隠したのがわかったから。わざと、抱きしめた行為をなかったことにするかのように振る舞ったから。
　それ以上はなんとなく踏み込めなかった、自分の非力さを痛感する。
　そして、今はそんな場合じゃないのにドキドキしてしまっている自分にも驚いていた。

　そして翌日。いよいよ中間テスト１日目がやってきた。
　寝起きがよくない私だけど、今日はひと味違う。いつもよりも30分早く設定した目覚まし時計のアラームを止めると、掛け布団を撥ね除け、ガバッと勢いよく起き上がっ

た。
　昨夜はあんなことがあったから、すぐにぐっすり安眠とはいかなかったけれど、テストを前にうだうだ悩んでもいられない。せっかく湊に勉強を教えてもらったのだから、それをムダにしないように、しっかりいい成績を修めないと……！
　リビングに行くと、ソファーベッドに寝ている湊を起こさないようにぱっとふたり分の朝食を作り、一足先に食事と身支度をすませる。
　そして最後に、起床した湊に宛てて置き手紙をしたためた。
『おはよう、湊！　私は先に行って、学校で自習します。朝ご飯作っておいたから、レンジで温めて食べてね』
　ペンを走らせながら、ふと昨日の湊を思い出す。
　昨日、あのあとベランダから戻ると、湊はすでにソファーに横になっていて、会話を交わすことはなかった。
　抱きしめられたあの時の感覚は、今もまだ体が鮮明に覚えていて、思い出すだけでなぜか心がうずく。
　変にぎくしゃくしないといいな……。
　そんなことを考えながら手紙を書き終え、湊の目に留まるようそれをテーブルの上に置くと、自室にスクールバックを取りにいく。
　教科書は持ったし、シャープペンの芯もちゃんと補充したし……と、スクールバックの中身を確認しながら部屋を出た、その時。

「ずいぶん気合い入ってるじゃん」
　ふと声が聞こえてきて、そちらに顔を向ければ、いつの間に起きたのか湊がリビングの入り口に立っていた。
「わっ……、おはよ、湊」
「ほら、これ」
　そう言って、突然湊がなにかをこちらに向かって投げてきた。
「え!?」
　弧を描いて宙を飛ぶそれを、慌てて手を伸ばし、キャッチする。
「お、ナイスキャッチ」
　グーにした指を広げてみれば、金色の包装紙に包まれた一粒のチョコレートが手のひらに乗っていた。
「え？」
「頭を動かすには、糖分」
　手の中のチョコレートから湊に視線を向ければ、廊下の壁に寄りかかった湊はいつもの涼やかな笑みを浮かべていて。
「がんばれよ、亜瑚」
「湊……」
　……ああ、また。あんなに不安だった距離感もなにもかも壊して、湊がこっち側に飛び込んできた。
「ありがと。がんばるね！」
　私はそう言って笑顔を返すと、チョコレートを手に玄関のドアを開けた。

登校するなり自分の席に脇目も振らず着席し、数学の教科書を開く私を見て『おはよう』を言いに来てくれた玲奈が目を丸くする。
「亜瑚、今日はなんだか気合いが入ってるわね」
「ほんと？　気合い入ってるの、わかるっ？」
　今日のテスト科目は理系の3教科だ。昨日湊にみっちり教えてもらった数学もあるから、つい肩に力が入ってしまう。
「今回のテストは、がんばるって決めてるの、私」
　シャープペンを握りしめ、鼻息荒くそう宣言する私。
　すると、玲奈は口に白い手を当て、ふふっとおしとやかに微笑んだ。
「もしかして、それは彼の影響かしら？」
「えへへ、実はね、そう」
　さすが、玲奈は全部お見通しだ。
「今まで勉強大嫌いだったのに、今はやってやる！って気持ちなの」
「あの勉強嫌いの亜瑚が……。あんな専属家庭教師さんがいるなんて、亜瑚は無敵ね」
　玲奈に言われ弾みがつく。そうだ、今の私は無敵なのだ。
「家庭教師さんの期待を裏切らないように、がんばる！」
「がんばれ、亜瑚」
　親友にも背中を押され、私はあらためて気合いを入れ直した。

湊からもらったチョコレートをしっかり補充したところで、ついにテストが始まった。
　テスト用紙が配られ、テスト開始の号令がかかるまでは緊張でいっぱいだったものの、いざ回答を始めてみると、自分でも驚くほどさらさらと迷いなくシャープペンが動いた。
　湊が教えてくれた説明が、幾度も頭の中を巡り、私を助けてくれる。
　そうしてすべてを出し切り、自分史上最大に手応えを感じた中間テスト2日間が終了した。

　それからちょうど1週間が経った、休み時間のこと。
「亜瑚、この前のテストの結果が廊下に貼り出されたみたいよ……！」
　お手洗いから教室に帰ってきた玲奈にそう声をかけられ、私はガタッと席を立ち上がった。
「ほんと……!?」
「ええ。見に行きましょうか」
「うん……っ」
　緊張に身を包み、玲奈と連れだって、学年ごとの成績順位が貼り出されている廊下に向かう。
　毎回成績が貼り出されている廊下のスペースには、すでに人だかりができていた。でも、そこまで小柄ではない私と玲奈は、背伸びをすればかろうじて成績結果を確認することができた。

「あ、11位だわ」

　隣から、いち早く自分の名前を見つけた玲奈の声が聞こえてくる。

　私はいつも下から数えた方が圧倒的に早く自分の名前を見つけられるため、最下位の方から視線を滑らせていく。

　来栖亜瑚、来栖亜瑚……。

　いつもさまよっている210位あたりの順位に、自分の名前は見当たらない。

　どこだろう、と心臓をバクバク言わせながら探していると、不意に隣から腕を強く掴まれた。

「亜瑚っ、すごいわ……！　92位よ……！」

「えっ……？」

　腕を揺さぶられながら、玲奈が言った順位の方に視線をやれば、たしかに92位に自分の名前を見つけた。

「ほ、ほんとだ……」

　思わず目を見張って、順位と自分の名前が一致しているか何度も確認してしまう。

　240人中3桁の順位しかとったことがない私が、2桁順位なんて……。

　とっさに、湊の順位を探す。と、そんな私の視線の動きに気づいたのか、まだ興奮冷めやらないといったふうの玲奈が教えてくれる。

「如月くんなら、3位よ……！」

「えっ……!?」

　たしかに3位の欄には、如月湊の名前があった。しかも

特待生の名前が並ぶ1位や2位とは、僅差。
　漠然と『頭いいんだろうな』とは思ってたけど、まさかこんなにすごい人だったとは……。
　つい呆気にとられていると、スカートのポケットの中でスマホが振動した。
　背伸びをしていた踵を下ろし、スマホを取り出してディスプレイを確認すると、そこには湊からの《テスト、がんばったな》というメッセージが表示されていて。
「……っ」
　どうしよう、すごく嬉しい……。
　また少し、湊に近づけた気がして。
　込みあげてくるあまりの喜びに、私はスマホを胸に抱きしめ、頬をほころばせた。

きっかけ

【亜瑚side】
　休み時間、湊が祐馬くんの元へ行ったのを見計らって、私はスケジュール帳を開いた。
「亜瑚、なに見てるの？」
　頭上から声が降ってきて顔をあげると、玲奈が微笑みながら立っていた。
　私はスケジュール帳が見えるように口の横に添え、声を潜めて答える。
「スケジュール帳！　もうすぐ、婚約して３ヶ月だから」
　記念日には、こっそりハート印がついている。
「あら、もうそんなに経つのね」
　玲奈が口に手を当て、目を丸くする。
「そうなの！　ほんと、３ヶ月あっという間だったなーと思って」
　すると、玲奈がふわりと穏やかな声音で言った。
「それは、毎日が充実してたってことじゃない？」
「えっ？　そうなのかな……」
　この３ヶ月、本当にいろいろあった。
　目玉焼きにはなにをかけるか、テレビはなにを見るかなんてくだらない言いあいもしたけど、大体じゃんけんや指相撲で決着をつけることになって、険悪になることもなく結局最後は笑っていたっけ。
　こうして振り返ってみると、たしかに毎日なんだかんだ楽しくて、充実していたのかもしれない。
「それでね、私、なにか湊にプレゼントあげたいんだ」

誕生日はプレゼントあげられなかったし、一応お世話になってるし……。
　すると玲奈の顔に笑顔が広がる。
「それ、いいと思うわ。きっと如月くん喜んでくれるわよ」
「ありがと！　でも、湊なにが欲しいかわからないんだよねー」
　頰杖をつき、思わずため息をもらす。
　ここ1週間くらい、湊はなにが喜ぶかずっと観察してたけど、結局わからなかった。男子にプレゼントを贈ったこともないし、湊も物欲を見せたことがない。
　すると、玲奈が人さし指を立て、ある提案をした。
「じゃあ、拓巳（たくみ）と買い物に行ってみる？　男子の意見取り入れてみたらどうかしら？」
「拓ちゃん！」
　久しぶりに聞くその響きに、私はパッと笑顔を咲かせた。
　拓ちゃんは、玲奈の1歳年下の弟。中学の時から、たまに3人で遊んだりして、私にとっても弟みたいな存在だ。
　玲奈とは顔も似てなくて、性格も正反対。玲奈は大人しいけど、拓ちゃんは明るくていつも元気。
　別々の高校に入ってから、サッカー部に入部して忙しい日々を送る拓ちゃんとはあまり会えていなかった。
「拓ちゃんに久しぶりに会いたい！」
「うふふ。じゃあ拓巳に電話してみるわね。亜瑚と買い物なんて言ったら、拓巳も喜ぶわ」
「えへへー」

「今日でいいかしら？」
「うん！」
　玲奈が拓ちゃんに電話をするため、廊下に出ていった。
　早く湊にプレゼントあげたい。
　強力な助っ人が買い物に付き合ってくれることになりそうだし、湊が喜んでくれるプレゼントが選べるといいな。
　プレゼントをあげたら、どんな顔をするだろう。驚くかな？　笑うかな？
　湊の反応を想像して、口に手を当て頬を緩ませていると。
「なにひとりでニヤニヤしてんの」
「わっ！　み……如月くん！」
　突然、湊の顔が目の前に現れた。
　祐馬くんの席から帰ってきたらしく、私の前の席に窓側を向いて座る。
「なに見てんの？」
「な、なんでもないよっ」
　私は慌ててスケジュール帳を机の中に隠す。
「ふーん。隠し事なんて感心しないな」
「ちょ、ちょっと！　教室なんだから、あんまり話しかけてこないで……！」
　周りに聞こえないように、小さな声で注意する。
　だけど湊はいたってクールな声で返してきた。
「大丈夫だって。今誰もこっち見てないし。そんなことより、今日学校終わったあと、一緒に買い物行こうよ」
「きょ、今日!?」

潜めていた声を、つい張り上げてしまう。
よりによって今日だなんて。
湊と買い物に行きたい気持ちはやまやまだけど、玲奈と拓ちゃんと、湊へのプレゼントを買いに行く約束をしてしまった。
「今日は……ごめん」
「なんで？」
「な……、きょ、今日は用があるから……」
おどおどと口ごもりながら答えると、湊は残念そうな不機嫌そうな表情になった。
「そうか……」
「ごめんね……！」
すごく心苦しいけど、これも湊にプレゼントを買うためだ。
心の中で謝りながら、私は『その分素敵なプレゼントを見つけないと』と気合を入れた。

【湊 side】
《じゃあね、先帰っててね！ 遅くなっちゃったらごめんね！(>_<)》

　そんなメッセージを残し、授業終了のチャイムが鳴ると、一目散に教室を出ていった亜瑚。
　教室にはまだクラスメイトが大勢いて、亜瑚のことを引きとめることはできなかった。
　ったく、あいつはなにを企(たくら)んでるんだろう。さっきだってノートを見て浮かれてたと思ったら、それを隠すし。
　本当は今日、もうすぐ婚約して３ヶ月だから、一緒に買い物に行ってなにか好きなもの買ってやろうと思ってたけど、しょうがない。
　俺は気を取り直し、帰りがけにマンションから少し離れたところにある大きなデパートに向かった。今夜は俺がちょっと豪華な晩ご飯を作ろうと思ったからだ。
　デパートの食料品売り場は、主婦と思しき客で混んでいた。そんな中、男子高校生がひとりで買い物をしていると視線を集めがちだけど、それにはもう慣れている。
　カゴを持ち、店内を歩きながら、今夜のメニューを考える。
『うっわー！　すっごくおいしい！　おいしいよ、湊！』
　なにを作ったとしても、たぶんあいつは目を輝かせて、そう言うんだろうな。
「……ふっ」

買い出し中でさえ、あいつが騒いでるのを想像して思わず笑ってしまう。
　そんなふうに亜瑚のことばかり考えていたら、つい買いすぎてしまった。
　まぁ、いいか。たまには。
　腕時計は5時を示している。早く帰って作り始めないと。
　予定よりも重くなったスーパーの袋を持ち、出口近くの雑貨屋を通りかかった、その時。
「あはは！　もう拓ちゃんったら！」
　不意に、聞き覚えのある声を耳が拾った。
　そして声がした方をなにげなく見て、言葉を失う。
「……っ」
　俺の視界に入ってきたのは、見たことのない男とふたりで買い物をする制服姿の女子高生。
　それはどこからどう見ても、亜瑚だった。
　亜瑚は男の手を引き、店内の商品を見ている。笑いあうふたりの様子からは、イヤでも親しげな関係が見て取れる。
「ねぇ、これよくない？」
「亜瑚ちゃん、センスあるね！」
「えー！　拓ちゃんだって！」
　屈託のない笑顔を男に向ける亜瑚。
「……っ」
　……やめろ。
　その笑顔を、俺以外の男に見せるな……。
　笑いあってることも、親しく名前を呼びあってることも、

全部気に入らない。
　だけど俺はその光景を、離れた場所から見つめることしかできない。床に足が貼り付いてしまったかのように、間に割って入っていくことができない。
　心の奥から、ドロドロとした、暗く重いものがあふれ出てくる。
　そしていつの間にか、俺の頭の中はあの"トラウマ"に乗っ取られていた。
　俺は結局また裏切られるんだ……。
　また捨てられるんだ……。
　また——。

すれ違い

【亜瑚side】
「拓ちゃん、今日は本当にありがとう！」
「いいえ！」
　私がお礼を言うと、マンションまで送りにきてくれた拓ちゃんがはつらつとした笑顔を浮かべた。
　急遽玲奈は踊りの稽古が入ってしまい、買い物は拓ちゃんとふたりきりになってしまったけど、拓ちゃんの的確すぎるアドバイスのおかげで、自分でも満足のいくプレゼントを買うことができた。
「久しぶりに亜瑚ちゃんとたくさんお話できて楽しかったし！」
「もう、拓ちゃんはかわいいな～」
　中学までは私の方が身長は高かったのに、今じゃ私がうんと見上げなければならないほど。
　そんな背がぐんと伸びた拓ちゃんだけど、笑顔のあどけなさはいつまでたっても変わらない。
「でもまさか、あの亜瑚ちゃんにプレゼントを贈る相手ができたとはな～」
　口に手を当てニヤッと笑われ、今更ながら気恥ずかしくなる。
「こ、これは、義理みたいなもんだしっ」
「ふ～ん」
　弁明しても、なおもニヤニヤしてる拓ちゃん。
「ほ、ほらっ、年上をからかわないのっ」
「ちぇー」

子どもっぽく口を尖らせつつ、拓ちゃんはまたピュアな笑顔を作った。
「でもでも、なにか僕に手伝えることがあったら、いつでも言ってね！」
　純粋な拓ちゃんには、本当に癒される。何度こんな弟が欲しいと思ったか。
　近況もいろいろ聞けたし、久しぶりに会えてよかった。
「ありがとう、拓ちゃん。玲奈にもよろしくね！」
「うん！」
　こちらを振り返りながら、何度もぶんぶんと手を振って走っていく拓ちゃんを、マンションの入り口で見送る。
　そして私は無事にプレゼントを買えた嬉しさでいっぱいのまま、家のドアを開けた。
「ただいま～」
　家の中に向かって呼びかけるけど、いつもなら『おかえり』と返ってくる湊の声が聞こえてこない。
　あれ？　靴も置いてあるし、湊はもう帰ってるはずなんだけど……。
　わずかな違和感を覚えたままリビングに入ると、湊はソファーに座っていた。
　なんだ、いるじゃない。
「ただいま！」
　上体を倒して湊の顔を覗き込むようにそう言うと、湊はこっちを見ずに呟いた。
「なにしてたんだよ」

いつもと違う、低く掠れた湊の声色。
「え……？　なにって……」
　突然の問いかけに、ドキリと心臓が反応する。
　なんで今日に限ってそんなこと……。玲奈と遊ぶことはよくあるけど、いつもはそんなこと聞いてこないのに。
　湊へのプレゼントを買っていたなんて言えない。プレゼントは、サプライズにしたいから。
　答えに迷っていると、湊が顔を上げた。
「そんなに言えないこと？」
「みな、と……？」
　こちらに向けられた湊の顔は、見たことがないほど力がなく、失意に包まれていた。
「湊、どうしたの？　なんか、変だよ……？」
　普通じゃない湊の様子に、思わず声が震える。
　すると湊は目を伏せ、ぽつりと呟いた。
「……なんでもない」
　ソファーから立ち上がり、しゃがみ込んでいた私の横を通り過ぎていく湊。
　やだ……。今の湊は、絶対になにかを抱えてるはずなのに、それをわかりあえないまま、うやむやにしたくない。
「ちょっと待って！」
　振り返りざま、思わず湊の手を掴んでいた。
　だけど勢い余って、足がもつれ、湊に向かって倒れ込む。
「……あっ」
　気づいたときには、ふたりで床に倒れこんでいた。

「ご、ごめんっ」
 湊に馬乗りになってしまい、起き上がろうとした、その時。ぎゅっ……と、湊が私の手を掴んだ。
「湊……?」
 なにも言わず、ただ私を見つめている湊。
 彼の瞳は今にもぐにゃりとゆがんでしまいそうなくらい、悲しくてさみしい色に染まっていた。
 初めて見る表情に胸が締めつけられて、なにも言えなくなる。
 何秒か……いや、何十秒と思えるくらいの間、見つめあっていた時。
 ふっと湊が力なく、悲しく笑った。
「やっぱり……無理だ……」
「え……?」
 私の手首から手を離し、起き上がると、湊が私をまっすぐに見据える。
 そして、重い口をおもむろに開いた。
「俺たち、婚約解消しよう」
 ……え…………?
 ドカンと重い鈍器のようなもので殴られたような衝撃が、頭に走った。
 一瞬、頭が真っ白になって、何秒かかけてやっと湊の言葉を理解する。
 なん、で……? 婚約解消……? 嘘、でしょう……?
「みな、と……? なに、言ってるの……?」

やっとのことで出した声が、頼りないほどに掠れている。
「そのままの意味だよ」
　そう言ってうつむき、まったく目を合わせてくれない湊。
　湊、こっちを向いてよ……。
「なんでそんなこと、急に……」
「やっぱり、こんな婚約間違ってた」
「え……？」
　湊はそこでやっと顔を上げ、私の顔を見てくれた。だけどその瞳からは、なんの感情も読み取れなくて。
「あんたは、自分が選んだ本当に好きなヤツと結婚した方がいい」
「湊……」
　顔から、サァ……っと血の気が引いていくのがわかる。
「亜瑚のこと、俺じゃ幸せにできない」
「なん……で……？」
「俺は亜瑚のことを……誰のことも、愛せないから」
『愛せない』その言葉がズキンッと鋭く胸に刺さる。
「俺はもう亜瑚のそばにいられない。これ以上一緒にいたら……」
　そう言いかけて、湊が口をつぐんだ。そしてまた、私から目をそらして下を向く。
「……そういうことだから。突然ごめん。今すぐじゃなくても、少しずつ距離を置いていく方向でやっていこう」
　湊はそう呟くと、目も合わせないまま家を出ていった。
　バタンッとドアの閉まる音が、静寂の中で重く響き渡る。

そして家の中には私ひとりだけになった。
　力が抜けて倒れそうになる体を、床に手をついてどうにか支える。
「……」
　湊……、なんで……？
　愛せないなんて、そんなこと言わないでよ……。
「……うっ」
　さみしいよ……。
「ふ……うっ、うぅ……っ」
　気がつけば、いつの間にかあふれていた涙がポタポタとフローリングの床に落ちていた。
　なんで涙が出るの……？　なんで止まってくれないの？　なんでこんなに……胸が潰れるくらい、悲しいの……？
　……わかったよ。ばかだから、やっとわかったよ。
　私、湊が好きなんだ……。
　湊にドキドキするのも、今こんなに苦しいのも、湊が好きだから。
　人は失ってから気づくんだね、本当に大切なものに。
　私はひとり、涙の止め方もわからずに泣き続けた——。

【湊 side】

　俺は家を飛び出し、すっかり暗くなった空の下、ひとりで公園のベンチに腰かけていた。
「はぁ……」
　いろんな感情が湧き出して、額を押さえる。心の中はぐちゃぐちゃで、このまま夜闇に溶けてしまいたいとさえ思う。
　他の男と楽しそうにしている亜瑚を見つけた時、怖くなった。大切な人に……亜瑚に、捨てられるかもしれないことに。
　俺をここまで縛りつけるのは、あの日のトラウマだ。
　目をつむると、今でもあの日のことが鮮明に、昨日のことのように頭に浮かんでくる。

　俺は、親父と母さんと、家族3人で暮らしていた。
　いつも明るくて優しくて、いつも温かい愛で俺を包んでくれた母さん。そしてマジメで家族思いの親父。
　どこにでもいるような、平凡で、そして温もりのある、そんな家族だった。
　でも親父は俺が保育園に通い出した頃、家族を養うためにと工場を興した。
　その工場は成功して、親父は途端に忙しくなり、毎日毎日工場に泊まり込みで働いていた。
　家族を支えるため。俺は幼心にそう理解していたから、親父に会うのが月に1、2回だとしても、不満は持たなかっ

た。
　……でも、母さんは違った。
　小さい頃に両親を亡くし、家族の愛に飢えていた母さんは、親父に会えなくなるようになってから、どんどん変わっていった。
　たぶん、心の病気だった。いつも笑って抱きしめてくれた優しい母さんは、いつの間にかいなくなっていた。
　心を病んだ母さんは毎日ヒステリーを起こして家の中を暴れまくり、ネグレクト状態になった。
『父さんに言うんじゃないわよ!?　言ったらただじゃおかないんだから!!』
　母さんは暴れたあとには決まってそう言い、鬼のような形相で俺を睨みつけたから、まだ小さかった俺は親父に相談することもできなかった。俺の世界では母さんが絶対の存在だったから、反抗する術は持っていなかったのだ。
　それに、親父がいる時の母さんは精神が安定していたから、親父は家庭のそんな状態を知らなかった。
　母さんが暴れ出すと、俺はどうすることもできなくて、母さんが疲れ果てて寝るのを怯えながら待っていた。
　そうして母さんが疲れて寝てしまったあと、部屋の片付けをするのが俺の役目だった。目を覚まして、もしもいつもの母さんに戻ったら、きっと悲しんでしまうから。
　母さんに少しでも辛い思いをさせたくなくて、なにもなかったことにする。
　でも、片付けをする時はいつも胸が痛んだ。片付けしか

できない非力で幼い自分が、情けなくて頼りなくて、悔しかった。
　そんな日々を繰り返す中で、いつしか母さんの精神状態は限界まで来ていた。
　そして、"あの日"がやってきた。
　それは、俺が10歳だった時のこと。
　母さんはその日もまたヒステリーを起こし、暴れまくっていた。
　俺はもう、そんなふうに壊れていく母さんを見るのに耐えられなくなって、うしろから抱きついた。
『母さん！　母さん！　やめて！』
　暴力をふるわれる恐怖なんてなかった。とにかく、母さんが今にも壊れてしまいそうなのを止めるのに必死で。
　すると、母さんは頭上に持ちあげて振りおろそうとしていたクッションを離し、俺に笑いかけた。
　母さんが……また笑ってくれた……。
　そして母さんは床にひざまずくと、俺を抱きしめた。幼い俺の体を、優しい温もりが包み込む。
　あの大好きな母さんが戻ってきてくれたんだと嬉しくて、俺も母さんの背中に手を回そうとした時、母さんは俺の耳もとで囁いた。
『あんたなんか、生まれてこなければよかったのに……』
『……え……？』
　まるで呪詛を唱えるようにぼそぼそと降り注がれた言葉に、体が強張る。

頭を重い鈍器で殴られたような鈍い衝撃で、頭が真っ白になった。
　母さん……？　なにを、言っているの……？
『湊なんかいらない。あんたさえいなければ私はあの人と幸せだったのに。あんたを産んだことが人生の大失敗だったんだわ』
　そう言って体を離し、母さんは今まで見せてきたどんな笑顔よりも美しく屈託のない、残酷な笑みを俺に向けた。
『あんたに生きてる価値ないし、湊なんていなくなっちゃえばいいのに。ね？』
　──そして母さんはその日の夜、マンションから飛びおりて自殺をした。
　俺を否定する言葉だけを残して、俺をこの世に置き去りにした。

　親父はそのあと、俺の健康状態や、服の下の傷を知って泣きながら俺に謝った。母さんの状態に気づけなかったこと。俺に負担をかけていたことを。
　そして、会社を辞めると言った。これからはずっと俺のそばにいると。
　でも俺は断った。親父にはそのままでいてほしかったから。
　親父まで俺のせいで変えてしまったら、存在価値を否定された幼い俺の心は、均衡が保てなくなる気がした。
　そうして俺はひとりぼっちになり、誰かを愛することが

できなくなった。愛した人に捨てられることがなによりも怖くなったから。

何度も女子に告白された。でも『好き』と言われても、また母さんのように裏切られ捨てられるかもしれないと思うと、そんな言葉を信じることはできなかった。

『好き』という気持ちなんて、愛なんて、この世に存在しないんじゃないかって。中学生の頃には、そんなひねくれた考えを持つようになっていた。

高校生になっても、その考えは変わらなかった。

でもそんな時、あいつが——亜瑚が現れた。いきなり現れて、俺の心の中にスッと入ってきた。

あの笑顔に、あのまっすぐな心に、俺はたぶん。……惹かれていた。

だけど、亜瑚のことを大切に思う気持ちが大きくなっていく一方で、それと同じくらい、愛することが怖くなっていった。亜瑚に捨てられることが、亜瑚を失うことが怖かったから。

他の男と楽しそうにしている亜瑚を見つけた時、俺はこいつに捨てられたら耐えられないと気づいてしまった。

ならいっそ、もうこれ以上、俺の中で亜瑚の存在が大きくなる前に離れようと思った——。

気がつくと、腕時計の針は0時を指していた。

頭上には、無数の星が瞬いている。

昔のことを考えていると、いつもぼーっとしてしまう。

亜瑚は……まだ起きているだろうか。
　気まずい気持ちはあるものの、夜に亜瑚をひとりにするのもためらわれて、俺は家に帰ることにした。
　家に帰ると、まだ明かりがついていた。
　意を決してリビングに入ると、亜瑚がフローリングの床の上で横になっている。
　しゃがみ込んで、そろりと覗き込むと、亜瑚は眠っていた。
　そしてその頬には、たくさんの涙が流れた跡。
　泣いた、のか……？　なんで……。
　いずれにせよ、泣かせたのは俺なんだろう。
　亜瑚の寝顔は、前に一緒に寝た時の幸せそうな寝顔ではない、悲しそうな寝顔で。
　俺はまだ湿っていた亜瑚の頬を、そっと拭う。
「ごめんな……。泣かせて」
　こんなところで寝てたら風邪を引く。ベッドで寝かせないと、と思い、亜瑚を抱きあげた時。
「ん……湊……」
　俺の胸元に頭を預けた亜瑚の、俺にすがるような寝言に胸がドクンッと揺れる。
　あ……やばい……。今、愛しいなんて思ってしまった。
　……婚約解消すると決めたのに。
「寝言で俺の名前呼ぶなよ……」
　つい情が移りそうになって、でもその感情は払いのけ、俺は亜瑚をベッドにそっと寝かせた。

【亜瑚side】
　——ピピピッ、ピピピッ……。
　けたたましい目覚まし時計の音に、目を覚ます。
　ベッドに横になったまま白い天井を見つめていると、段々昨日のことを思い出していく。
　あぁ、そっか……。私、泣き疲れて寝ちゃったんだっけ。
　でも、私ベッドに寝てる。リビングで寝ちゃったはずなのに……。
　体になにか優しい温もりが残ってる気がする。
　もしかして、湊がベッドまで運んでくれたのだろうか。

　制服に着替えてリビングに行くと、ソファーに寝ているはずの湊の姿はもうなかった。
　湊、先に行っちゃったんだ……。
　たぶん、私と顔を合わせないため。
　それなのに、テーブルの上には、私の分の朝食が置いてあった。
　なんで朝食まで準備してくれてるの……？
　なんで私をベッドまで運んでくれたの……？
　なんでこんな時まで不器用に優しいの……？
　私……湊の気持ちがわからないよ……。
　ふと、楽しくふたりで朝食を食べてた時のことを思い出す。
『うわ！　これ、すっごくおいしくできた気がするんだけど……！』

『まぁ、合格』
『へへ、やった〜!』
　そう言って笑いあってたっけ……。ね、湊……。
　リビングに立ち尽くしていると、乾いたはずの瞳から涙がまた溢れてきた。

　学校に行っても、湊と目を合わせることすら叶わなかった。
　授業中もすぐそばに湊がいるのに、届かない。
　手を伸ばしたかった。触れたかった。でも、できない。こんなに近くにいるのに、なんて遠いのだろう。
　まわりの景色はいつもと変わらない。時間だって、止まることなく進んでいる。それなのに私だけがまわりから取り残されているような気がした。

　学校から帰ると、私はなにも考えず、荷物をまとめた。
　——実家に帰るためだ。
　これ以上湊と一緒にいたら、きっと離れられなくなってしまう。
　湊が好き。
　でも、もうこの恋もおしまい。
　私たちは結局、形だけの婚約者。おたがいの気持ちが、おたがいに向いてないことは、ちゃんとわかっていたはず。
　……それなのに。私、錯覚してたのかもしれない。もしかしたら、湊も同じ気持ちでいてくれてるのかもって。

そんなこと、あるはずもなかったのに。
　私はテーブルの上に、手紙と湊へのプレゼントを置いて、部屋を出た。
　マンションの敷地を出て振り返り、湊の部屋を見上げると、たくさんの思い出がよみがえってくる。
　短い間だったのに、なんでこんなにも大切な思い出になってしまったのだろう。
　じわじわと、熱く痛く滲む涙をぐっと堪えて、呟いた。
「さよなら、湊。今まで、ありがとう……」
　あなたのことが、好きでした。

　大きなボストンバックを肩にかけ、とぼとぼと実家への道のりを歩く私。
　大通りから一本外れた路地は、車の往来がほとんどと言っていいほどない。しんとした空気がさらに気持ちを重くする。
　でも考えてみればよかったじゃない。やっとお父さんとお母さんの元に戻れるんだよ？　融資の話はなかったことになっちゃうかもしれないけど、そうなったら学校を辞めて働けばいいし。
　……そうやって無理やり自分を励ますけど、やっぱり気持ちは晴れない。
　こんな顔で家に帰ったら、お父さんとお母さん、どう思うんだろう。
　そうして重い足取りで歩いていると、無人の公園を見つ

けた。
　実家に帰る前に気持ちを整理したくて、公園に立ち寄り、園内唯一の遊具であるブランコに座る。
　そして。
「はぁ……」
　大きなため息をついた時、それに重なるようにスマホが鳴った。
　鬱々とした動作でポケットからスマホを取り出すと、ディスプレイには『湊』の文字。
　湊から、電話……？
　心臓がすごい勢いで暴れ始めた。おそるおそる、電話に出る。
「もしもし……？」
『もっしもーし！　亜瑚ちゃん？』
「え……!?」
　耳に飛び込んできたのは、明らかに湊のものじゃないキャピキャピとした声。
「あの……どちら様ですか？」
『俺だよ、祐馬！』
「あ、あぁ！　祐馬くん……！」
　湊じゃなかったことに、ちょっぴりホッとしたような、残念なような、そんな複雑な感情になる。
「どうして湊のスマホを祐馬くんが……？」
『いやー、湊のヤツ、スマホを学校に置いて帰っちゃってさ』
　『湊』という、その言葉に、胸が切なく締めつけられる。

「そう、なんだ……」
　トーンを持ち上げられないまま、沈んだ声でそう返すと、そんな気配を察したのか祐馬くんがいつものおちゃらけた喋り方じゃない、1トーン落とした真剣な声音で語りかけてきた。
『湊に婚約解消しようって言われたんだって？』
「え？　なんでそれを……」
『湊に聞いたんだ。あいつ今日変でさ。心ここにあらずって感じだったから聞き出した』
「そうだったんだ……」
　私が学校で見た湊は、いつもどおりのクールな彼だったのに。
　湊がどんな気持ちでいるのか、ますますわからなくなる。
『ねぇ、今時間ある？』
　黙っていると、抑えたトーンで祐馬くんがそう聞いてきた。
「今？　あるけど……」
『ならよかった。亜瑚ちゃんに話したいことがあるからさ』
「話したいこと……？」
『うん。部外者の俺が入ってくのもどうかと思うんだけど、ふたりには幸せになってほしいから話すよ。湊の過去のこと』
　『湊の過去』……その言葉に、無性に胸がざわついた。
　湊のあの悲しい瞳には、なにか理由がある。そんな気がしていたから。

『もしかしたら、亜瑚ちゃんにとっては辛い話かもしれない。……それでも、聞いてくれるかな』

答えを強要するわけでもなく、私の心に寄り添うように問いかけてくれる祐馬くん。

正直、怖い。でも、聞かなきゃいけない気がする。

私は心許なかった右手を、決心を固めるように胸の前で握りしめた。

「……うん、聞くよ……。聞かせて」

そう言った自分の声は、思ったよりも確かな強い声音で響いた。

『よし、わかった。じゃ、話すね』

そして、祐馬くんがゆっくりと湊の過去の物語を話し出した。

もう一度、家族に

【湊side】
「ただいま……」
　そう言ってリビングに入ると、物音ひとつなくガランとしている。
　亜瑚は先に帰ったはずなのに、その姿は見あたらない。
　妙な胸騒ぎがして、急いで亜瑚の部屋のドアを開けると、そこにはなにひとつ荷物がなかった。
　もしかして、もう出ていったのか……？
　いや、もしかしなくても、亜瑚が出ていったことはあきらかだった。
　リビングに戻ると、そこは変わらず痛いほどの沈黙に包まれていた。
　あいつが来るまでは、誰もいないことが当たり前だったのに。なぜだか今は大切なピースがひと欠片なくなって、心に穴が空いたみたいな気持ちになる。
「亜瑚……」
　意図せず、声が口からこぼれていた。
　そして空虚な空間に視線をさまよわせたその時、テーブルの上に見覚えのない小さな包みと手紙を見つけた。
　なんだ？　これ……。
　『Dear 湊』と記された小包みを開けると、入っていたのは１本の水色を基調にしたミサンガ。
　ミサンガ？　どうして。
　訳がわからず、答えを求めるように俺はその隣に置いてある手紙を開いた。手紙は亜瑚からだった。

湊へ
　今までありがとうございました。
　私は、実家に戻るね。
　湊とはたくさんの思い出があって、なんだかんだ毎日とっても楽しかったよ。
　ダメダメだったけど、湊の奥さんになれてよかったです。
　あ！　さみしいから、学校では普通に接してね！
　今まで本当にありがとう。
　P.S.　婚約して3ヶ月だから、湊にプレゼントを買ってみました。
　玲奈の弟の拓ちゃんに聞いて、男子の意見を参考にしながらミサンガを選んだよ！
　いらないかもしれないけど、自分ではやっぱり捨てられないから一応置いておくね。
　邪魔だったら自分で捨ててよね！
　亜瑚より

「……っ」
 すべてに目を通した途端、手紙が手を離れて床に落ちていた。
 全部わかった。
 勝手に勘ちがいして、亜瑚に捨てられた気になっていたけど、全部俺のためだったんだ……。
 それなのに俺は……。
「亜瑚……っ」
 いても立ってもいられなくて、俺は家を飛び出していた。

 走りながら、頭の中で亜瑚の言葉がよみがえる。
『今日まで生きてくれてありがとう、これからも元気に毎日過ごしてねって。私はそう思ったから、湊のお誕生日をお祝いしたんだよ』
『でもね、私、最近毎日楽しいんだ。湊と他愛のない話して、同じ時間を共有して、本当にすごく、毎日……幸せ……なんだ……よ……』
『これからは湊がイヤな夢見ても、私が起こしてあげるから！』
 いっつもばかみたいに笑って、無駄に純粋で、とにかくまっすぐな亜瑚。
 なぁ、亜瑚、知ってる……？　俺は何度も亜瑚に救われてたよ。
 俺の存在を肯定してくれた。そして母さんが飛び下りたことでトラウマになっていたベランダに安々と連れ出し

て、綺麗な景色を見せてくれた。
　そうやっていつも俺の心の中に自然と入ってきて、俺の心を照らしてくれた。
　今、思うんだ。捨てられるとか、裏切られるとか、そんなことも怖くないくらい、亜瑚と一緒にいたい。
　ずっと苦しめられていたトラウマや過去も気にならないくらい、亜瑚を愛したい。心のままに。
　俺は走った。
　走っていると、どんどん亜瑚への思いが強くなる。無理やり押し込んでいた気持ちが、全部あふれ出してくる。
　……こんなにも亜瑚に惚れていたなんて。
　薄暗くなってきた空の下。人混みをかき分けて、忙しない人の流れの中を走る。
　亜瑚を捜して、俺はただひたすら街の中を走り続けた。

【亜瑚side】

『……以上かな。これが湊の過去とトラウマ』

祐馬くんの声が途切れ、静寂がやってきても、私は言葉を発せなかった。

ただただ涙が溢れるばかりで、相槌も打てずに、祐馬くんの言葉を聞いていた。

まだ祐馬くんの声が、頭の中で響いてる。

湊がこんなに苦しいものを背負っていたなんて全然知らなかった。

ずっとひとりで抱えていたなんて……。

私の家族を壊してしまうと、湊がそれをすごく恐れていたのも、きっと過去のことがあったからだったんだ。

鼻をすすっていると、そんな私を気遣ってか、祐馬くんが優しい声で語りかけてくる。

『たぶん湊は、亜瑚ちゃんに捨てられるっていうか……亜瑚ちゃんを失うのが一番怖かったんじゃないかな』

「え……？」

『亜瑚ちゃんは湊にとって、心のよりどころみたいな、すごく大切な存在になってたから……』

湊……。

私は湊の心を、一瞬でも救うことができていたのかな。

湊にあんな顔をさせてしまった私に、隣にいる権利があるかはわからない。でも。

「私、湊に会いたいっ……！ もう私の気持ち受け止めてもらえないかもしれないけど……それでも、私なりにぶつ

かってみる……！」

　思いを込めた声は涙で濡れていた。込みあげてくる涙をこらえるので精いっぱいだ。

　だけど、湊に伝えたいことがある。だから、こんなところでいつまでもうじうじしているわけにはいかない。

『うん！　今、湊を助けられるのは、亜瑚ちゃんだけだよ。亜瑚ちゃんが湊の心の闇を晴らしてあげて』

「祐馬くん、ありがとう！」

　目の前に姿はないけれど、私は祐馬くんにあらためてお礼を言って深々とお辞儀をした。

　祐馬くんのおかげで、本当の湊に会える気がする。

　電話を切ると、私は涙を拭った。そしてパンパンッと自分の頬を叩き、気合いを入れ直す。

　こんな泣き顔を、湊に見せるわけにはいかない。

　よし、湊に会いに行こう！　湊に伝えなきゃ。私の本当の気持ち。

　……とは思ったものの。

　私は駆け出してすぐ、公園のどまん中で立ち止まった。

　あれ……？　そういえば、ここからどうやって帰るんだったっけ……？

　今いるのは公園。でもぼーっとしながら歩いてきたから、道順をはっきり覚えていない。

　もしかして、私……迷子!?

　誰もいない静けさに、恐怖心がむくりと顔を出す。

　とりあえず現在地を確認した方がいいよね……っ？

と、スマホをポケットから取りだそうとした、その時。
　——パシッ。
「……っ!?」
　その手を、突然うしろから誰かに掴まれた。
「……やっと、捕まえた……」
　背後から聞こえてきた、この声は……。
　懐かしさを感じて振り返ると、愛しい人が立っていた。
「湊……」
　どうして湊がここにいるのか、頭が追いつかなくて。
　私の手首を握る湊をただ見あげることしかできない。
「あんた捜すために走り回ったんだからな……。勝手にいなくなって……」
　はぁはぁ、と息を切らしている湊。
　言いたいこと、たくさんあったはずなのに、いざ湊を前にすると胸が詰まってしまう。
　なにか言おうと口を開こうとした、その時。
　突然糸が切れたかのように、湊が肩の力を抜いたかと思うと、体を倒し私の肩にこてんと額を乗せた。
「よかった、会えて……」
　息を吐き出すように、耳もとで湊が言う。
　もしかしてずっと探していてくれたの……？
　てっきり愛想を尽かされていると思っていたから、手紙１枚だけ置いて出てきてしまったことをひどく後悔する。
「ごめん……」
　しゅんとうつむき謝ると、湊が体を起こした。

「なぁ、亜瑚」

　不意に名前を呼ばれ、顔を上げると、湊がまっすぐに私を見つめていて。

「謝るのは俺の方。この間、亜瑚が男と買い物してるの見て誤解した。捨てられたとか考えて……。それで婚約解消しようって言った。俺の勘ちがいなのに、ごめん」

「湊……」

　たしかに、婚約解消の話をされたのは拓ちゃんと買い物した日だった。

　そういうことだったんだね……。

　理由がわかってなんだかほっとした。拒絶されたわけじゃなかったんだ……。

　湊の心にやっと触れることができた気がして、私はぐっと体の横で拳を握りしめた。

　私もちゃんと思いを伝えなきゃ。湊だって真剣に私に向きあってくれたのだから。

「湊……。私も伝えたいことがあるの」

「ん？」

「祐馬くんに聞いたよ。湊の昔の話」

「……」

　湊の顔に影が落ちた。

　その表情にズキッと心が痛む。

　でも、もう湊にそんな顔させたくない。だから、ちゃんと湊に向きあわなくてはいけない。

「私なんかが、湊の苦しみ全部わかった気になっちゃいけ

ないって思う」
　湊はうつむいている。
　私の目にはいつの間にか、涙が溜まっていた。湊が一番苦しいはずなのに、湊の抱えてきたものを思うと、涙が込みあげてきてしまう。
　自分よりも、湊に辛いことが降りかかることの方が苦しい。それほどに、私にとって湊は大切な存在になっていた。
「でも、これからは私が湊の隣にいる。私は湊のこと捨てたりしないから。だからね、湊の苦しみ、私に半分背負わせて……？」
　私にできるのは、ちっぽけなことしかないかもしれないけど……それでも、湊の力になりたい。
「湊のそばに、いさせてください……！」
　涙声を振り絞った──次の瞬間、突然腕を引かれて。
　はっとした時にはもう、私は彼の腕の中にいた。
「……っ」
　びっくりして硬直する体。
　でも温かさに包まれて、胸がいっぱいになる。
　私はおそるおそる、湊の背中に手を回した。
「湊……？」
「……『そばにいさせてください』は、こっちの台詞だよ」
「え……？」
　いつも涼やかな湊の声が、心なしか震えてる。ううん、声だけじゃない。私を抱きすくめる腕もだ。
「俺……ずっと欲しかったんだ。俺の帰りを待ってくれて

る家族。温かさに包まれた家。誰かと過ごす幸せな時間。それを、亜瑚は全部くれた。亜瑚と出会って俺の心は孤独じゃなくなった」
「……っ……」
　耳元で吐き出される切なく揺れる声に、胸がきゅっと締めつけられる。
「初めは亜瑚のこと愛せるなんて思ってなかった。政略結婚のための婚約なんだから、愛なんていらないって。でも、今は亜瑚がいなきゃダメだ。いつの間にか大切な存在になってて、初めて誰かを愛しいと思った」
「湊……」
　湊が体を離した。
　熱のこもった瞳で見つめられ、心臓がどうしようもなく揺さぶられる。
　そして、私の瞳に映る湊の唇がゆっくりと動く。
「亜瑚……、好きだ。ずっと俺のそばにいて。今度こそ本当の家族になろう」
「……っ」
　ツンと鼻の奥が痛んで、言葉を詰まらせる。
　嘘……でしょう……？
　湊の言葉ひとつひとつが、じわじわと温もりを帯びて胸に広がっていく。
　信じられない……。湊も私と同じ気持ちでいてくれたなんて。
　気づけば視界がぼやけて、熱い涙が頬をすべり落ちてい

た。
　あぁ、どうしよう。涙が止まらないよ……。
「ふっ……う、うぅー」
「え、そんなにイヤだった……？」
　想いがあふれて、私は湊に抱きついた。
「違う……。すっごく嬉しいのっ……。私も湊が好き。大好き！　一番大好き……！」
　涙で顔をぐしゃぐしゃにしながら想いをぶつければ、私を見下ろして湊が眉をさげてくしゃっと笑う。
「ばーか。泣きすぎ」
「湊……」
「亜瑚、愛してる」
　優しい愛の言葉をつむぎ、湊の長い指が、私の頬にかかった髪を慈しむようにそっと除けた。
　私の瞳を独占する湊が、そっと微笑む。
　ああ、なんて綺麗な笑顔だろう。
　腰を優しく引き寄せられると、絡みあうかのように、睫毛が触れあい。
　そして、唇が優しく重なった。
　夜の色を纏いだした空の下、誰もいない公園で、私たちはやっと通じあった愛を確かめるように唇を重ねる。
　今日、何度目かわからない温かい涙が頬を伝った。
　あぁ……。私、幸せだ……。
　湊の婚約者になれて本当によかった……。

甘い君

【亜瑚side】
「ふふんふふーん」
　ただいま鼻歌を歌いながら、朝食の準備中。
　卵焼きを作っていると、ふと昨日の夜のことを思い出して、ついニヤけてしまう。
『亜瑚、愛してる』
「えへへへー。もう、湊ったらーっ」
　フライ返しを両手で握りしめ、浮かれていると――。
「俺がなに？」
「ひゃっ……！」
　突然すぐ近くで声が聞こえたかと思うと、私の体はうしろからすっぽり抱きしめられていた。
「み、湊っ……！」
「おはよ」
「おはよ……」
　冷静を装うけど、内心爆発しそうな鼓動(こどう)を収めるのに精いっぱい。
　いきなり抱きしめられたりしたら、朝からドキドキが止まらない。
　刺激(しげき)が強いんですけど……！
　フライ返しを手に、湊の腕の中で身を固めていると、湊がくすりと余裕げに笑う。
「ふっ。緊張しすぎ。心臓の音、すごい聞こえる」
「そ、そりゃそうだよっ。いきなり抱きしめてくるんだもん……」

「こんなことでドキドキしてたら、亜瑚の心臓もたないかも」
「えっ!?」
「俺、理性保てる自信ないし」
　耳もとで囁かれる溶(と)けそうなほど甘い声音に、思わず顔が熱くなる。
　湊、すごく攻(せ)めてくる……！
「婚約者のために、うまい朝食を作るように」
　そう言って、湊の腕が私を解放し、私を包み込んでいた甘い香りが遠ざかっていく。
　湊に乱されまだ早鐘を打つ鼓動の音を聞きながら、彼を振り返った。
「湊、お味噌汁の味見する？」
「ん、するする」
　私は作ってあった味噌汁をおたまで掬い、湊の口もとに近づけた。
　すると、湊が私の手首を掴んで自分の方に引き寄せ、味噌汁に口をつける。
　伏せられたまつ毛が、なんだか色っぽくて。
「……っ」
「あ、うま」
　湊の感想もまともに聞けずに、ドキドキしてしまう。
　『あーん』してるみたいで恥ずかしいかも、これ……。本当の夫婦みたい……。
「なんか今の、夫婦っぽかった」

思ってたのと同時に、湊もそう言った。
「ね。ちょっとっていうか、だいぶドキドキしたかも……」
「今まではなかなか夫婦って感じにはなれなかったけど、これからは本物の夫婦になっていこ」
　湊が優しく微笑んで、私の瞳を覗き込んでくる。
　なんだか胸がいっぱいだ……。
「うんっ！」
　湊につられて、私も笑顔がこぼれた。

「じゃ、俺行くから」
　先に登校する準備を終えた湊が、玄関の方で声をあげた。
「あ！　ちょっと待って！」
　キッチンで洗いものをしていた私は作りたてのお弁当を持って、急いで駆け寄る。
「はい！　お弁当」
「あ、持ってくの忘れてた。さんきゅ」
「ふふ、危ないなぁ」
　同棲してるのがバレてはいけないから、こうやって毎日湊が先に家を出て、私が時間を空けて家を出るようにしている。
　でもやっぱり、一緒に登校とかしてみたいなぁ……。
　なんて、湊がスクールバッグにお弁当を入れる姿を見て、ふと思う。
　すると、バッグにお弁当を入れた湊が顔をあげ、自分の唇を人差し指で指した。

「……ん？」
　意味がわからず首を傾げると。
「ん？じゃなくて。行ってらっしゃいのチューはないの？」
「ちゅ、ちゅー？」
　予想外の言葉に、思わず頬がぽっと火照る。
　ちゅーって、私から……っ？
「無理、無理！　恥ずかしい！　私からなんてできない！」
　キスされるだけでも、いっぱいいっぱいなのに……！
　ぶんぶんと顔の前で手を振って、必死に拒否をする。
　すると、湊が拗ねたような表情を浮かべた。
「しょうがないな。次は亜瑚からだからな」
　そして、湊は体をかがめたかと思うと、私の唇にキスを落とした。
　触れるだけの、甘くて優しいキス。そして、大切にしてくれているのがわかるキス。
　あぁ、湊に溺れそう……。
　唇を離すと、息をつかせる間もなく湊は私を抱きすくめた。
「あー、学校行きたくなくなる」
　いつもの余裕たっぷりの声じゃない、拗ねたような声。
　そんなふうに思ってくれるなんて……。
　愛おしさが募って、私は精いっぱい手を伸ばし、湊の頭をなでた。
　すると安心したのか、湊の私を抱きしめる力が弱くなる。
「でも、私すぐそばにいるよ？」

「さみしいもんはさみしい」
「湊、今日は素直だね」
「今日だけじゃない。もう自分の気持ちに嘘はつかないって決めたから」
「湊……」
「っていうか、亜瑚に頭なでられるの、なんか照れる」
「私の愛を伝えてるんだよ」
「なにそれ」
　くすりと笑った湊が、ゆっくりと体を離した。
「十分愛伝えてもらったし、そろそろ行くか」
「うん、気をつけてね！」
「亜瑚もな」
　コツンと軽く私のおでこを叩くと、ふっと涼やかな笑みを残して湊が家を出ていった。
　バタンと音をたてて閉まるドア。
　ひとり玄関に立ち尽くす私は、熱い頬を両手で押さえた。
　湊の甘すぎる言動は容赦がなくて、鼓動はまだ騒がしいままだ。
　はぁー……。本当に私の心臓もたないかも……。
　再スタートした湊との生活は、刺激的なものになりそうな予感がした。

「おはよー！」
　クラスメイトと挨拶をしながら玲奈と教室に入ると、私のそばの席が女の子たちに囲まれてる。

その中心には、もちろん湊。
「ねーねー、湊くん。髪型変えてみたんだけど、どうかなっ」
「べつにいいんじゃない？」
「もう、湊くんってば相変わらずクール〜♡」
　机に頬杖をつきながら文庫本に視線を落とす湊。
　女の子たちには関心なさそう……だけど、やっぱりズキッと胸が痛む。たぶん、学校で離れていてさみしい思いが強いのは、私の方だ。
　私も他の子みたいに、なんの気兼ねもなく湊に話しかけられたらいいのに。
「亜瑚……大丈夫？」
　しらずしらずのうちに下唇をきゅっと噛みしめていた私は、隣からためらいがちにかけられた玲奈の声に、はっと我に返る。
「あぁ、大丈夫！　えへへ」
　瞬時に、取り繕った笑みを返す私。玲奈に余計な心配はかけたくない。
　すると、玲奈がなにかを思い出したように「あ」と声をあげた。
「ねぇ、そういえば亜瑚、今週週番じゃなかった？」
「あっ！　そういえば！」
　週番というのは、週替わりの雑用係のことだ。朝のＨＲ（ホームルーム）の前に、先生から生徒への返却物や出席簿を、職員室に取りにいく仕事がある。
　今週は私が当番だったのに、すっかり忘れていた。

「私も一緒に行こうか？」
　優しい玲奈の言葉に、うっかり涙腺が緩みそうになる。
　玲奈には私たちが両想いになったことを伝えた。だからきっと、女子に囲まれている湊を見て私が落ち込んでるのにも気づいてくれたんだ……。
「ううん、大丈夫！　ありがと、玲奈。教えてくれて。行ってくるね！」
「わかったわ」
　私は肩にかけていたスクールバッグを急いで机に置き、駆け足で教室から離れた職員室へ向かった。
　教室から──女の子たちへの嫉妬の気持ちから逃げたいという気持ちを抱えて。

　さて、職員室に着いたものの、私はあまりの多さの返却物を前に、呆然と立ち尽くしていた。
　廊下に山積みになっている返却物は、私の身長の半分くらいある。
　これ、ひとりで運べるのかな……。
「はぁ……」
　……って、ため息ついてちゃダメだ。ため息ついたら、幸せ逃げちゃう。
　気持ちを奮い立たせて、私は山積みになっている返却物を持ちあげた。
　でも……。
　や、やばいっ……。やっぱり重すぎるー!!!!

「おっ……っと、とっ」
　バランスが取れず、荷物を抱えて数歩よろけた時。
　うしろから腕を掴まれ、倒れかけた体が支えられた。そして。
「ばーか。ひとりでがんばりすぎ」
　聞き慣れた声が降ってきて、頭上を仰いだ私は目を見張った。
　だって――そこにいたのが湊だったのだから。
「どうして湊が……」
「亜瑚が走ってくのが見えて、もしかしてって思ったら、案の定これ」
　そう言いながら、湊が返却物を引き受けてくれる。
　呆れたような口調とは裏腹に、私に向けられる眼差しは柔らかくて。
　湊、私のこと見つけてくれたんだ……。
「ありがとう……」
　しんみりとお礼を言えば、湊は当たり前というように返してきた。
「俺が見といてやらないと、ひとりで無茶しすぎるから」
「……っ」
　どうしよう……。そんなこと言われたら、嬉しくて、きゅんとして、もっともっと好きになっちゃうじゃんか……。
　あふれ出す思いをこらえるようにぎゅっと下唇を噛みしめていると、湊がかがんで、からかうような意地悪い笑みを向けてくる。

「その顔、俺に惚れ直した？」
「ち、違う……！」
　本当は1ミリも外れることなく図星だけど。
　返却物を分けあって持ち、ふたりで人の往来がない階段を登る。
　今だけ、湊をひとり占めだ。
「あ、あのね。登校中、玲奈に私たちのこと話したよ」
「そっか」
　玲奈に、めでたく両想いになったことをこっそり打ち明けると。
『やっぱり！　ふたりの家に行った時から、そんな気がしてたわ』
　……って言われちゃったけど。
　さすが親友。完敗です。
「俺も今日、祐馬に報告する予定。あいつにはいろいろ世話になったし」
「うん。いっぱい助けてもらっちゃったね」
「で、そのあとクラスのヤツらに遊びに誘われてるから、ちょっと帰るの遅くなる」
「了解！　あ、今日の晩ご飯、なにがいい？　湊のリクエストに応えてあげる」
「マジ？　じゃあ考えとく」
　他愛もない会話をしていると、いつの間にか私たちは、教室がある階に到着していた。
　つまり、ここからまた他人のフリを始めなきゃいけない

ということで。
　さみしいけど、我慢しなきゃ。
「湊、先行っていいよ」
「ん。じゃ、俺全部持ってくから」
　湊は荷物を全部受け取ると、私に小さく笑いかけて、歩き出した。
　遠ざかる湊の背中を見つめていると、愛おしさが込みあげてくる。
　大きな背中も、すらっとした手足も、柔らかいミルクティー色の髪も、全部好き……。
　──その時、ふと湊が立ち止まった。
　そして前を向いたまま大きな声で言った。
「エビフライ！」
「えっ？」
　それだけ言って、何事もなかったように歩き出す湊。
　もしかして、晩ご飯のリクエスト……？
　湊さん……、あのねぇ、すごく目立ってるから！
　いきなり、クールなイケメンが『エビフライ！』なんて大声で言うものだから、廊下にいた生徒が何事かと驚いている。
　そんな光景を見ていたら、なんだか笑いが込みあげてきた。
　私だけに向けた言葉。私にしかわからない意味。
　くすぐったいような嬉しさでいっぱいになって、心の中で『了解！』と答えた。

【湊side】
「おー！　祐馬ストライク！」
「うわー！　俺負ける！」
　放課後。俺はクラスの男子8人で、高校の近くのボーリング場に来ていた。
　盛りあがる声を聞きながら、レーンから少し離れたところにある自販機の緑茶のボタンを押す。
　すると背後から足音が聞こえてきて、連続ストライクを決めたらしい祐馬が、俺の肩に手を乗せた。
「ようよう、イケメンの兄ちゃん☆　あそこの女子たちからの視線が熱いぜー？」
　女子たちがいるらしい斜めうしろあたりにさりげなく顔を向けながら、目に手を当てて、おちゃらける祐馬。
　落ちてきた緑茶のペットボトルを出口から取り出しながら言い返す。
「そういうのに興味ないの知ってるくせに」
「愛する婚約者がいるもんなー」
「今日の晩飯、エビフライだから」
「うわー！　ノロケんなし！」
　そう言って祐馬が笑う。
　祐馬には、昼休みに昨日のことを話した。お礼を言うと『幸せのお裾分けしてくれて、こちらこそサンキュー☆』って、いかにも祐馬らしい言葉が返ってきたけど。
　本当にこいつには、一生頭があがらない。
　母さんのことで悩んでいた小学生の時だって、いつも隣

にいておちゃらけて、俺の心を軽くしてくれていた。
　相手のためなら、自らおどけ役になる。祐馬はそういうヤツ。
「次、湊の番だぞ！」
　俺たちのレーンから、クラスメイトの声が飛んでくる。
「祐馬超えてやる」
　宣戦布告をするようにふっと祐馬に笑いかけ、レーンに戻る。
「湊、いけいけ！」
「きゃー！　湊くん怖ーい！」
　高い声をあげてふざける祐馬をスルーして、投げるポジションにつこうとした時、胸ポケットの中のスマホが震えた。
「あ、ちょっとタイム」
　スマホのディスプレイを見ると『亜瑚』の文字。
　亜瑚から？　なんだ？　もしかして、エビフライ用のエビ買い忘れたから買ってきてとか？
　そんなありがちな展開を想像しながら、通話ボタンをタップする。
「もしもし？」
『みっ、湊！　助けて！』
　予想に反して聞こえてきたのは、切羽詰まった泣きそうな亜瑚の声。
「どうした？」
『きゃーっ!!　……ガッシャンッ。プープー……』

亜瑚の叫び声が聞こえたかと思うと、ものすごい音が鳴り響き、唐突に電話が切れた。
　一瞬にして背筋が冷たくなる。心臓がドクドクとイヤな音を立てて早鐘を打つ。
　もしかして、亜瑚の身になにか起きたのか……？
「湊、どうした？　そんな青ざめて」
「顔真っ青だぞ、大丈夫か？」
　ただならぬ俺の様子を察知した周りの声に、はっと我に返る。
　俺はいても立ってもいられず、スクールバッグを肩にかけた。
「ごめん。用ができたから、先帰る」
　と、その時。
「湊！」
　俺の名前を呼ぶ声とともに、テーブルに置いていた緑茶のペットボトルが飛んできた。
　キャッチして視線を上げれば、投げてきた張本人──祐馬が、ニカッと白い歯を見せて笑っていた。
『早く行ってやれ☆』
　口パクでそう伝えてくる祐馬。
　俺は頷くと、その場を駆け出した。

　俺は必死に家に向かって走った。
　イヤな想像が頭から離れない。
　早く帰って一緒にいてやれば、こんなことには……。

どれだけ自分を責めても、現実は変わらない。
亜瑚の無事だけを願いながら、俺は無我夢中で走り続けた。

——バンッ。
マンションの自室に着くなり、勢いよく玄関のドアを開ける。
そして焦る気持ちを抑えきれずに、リビングに駆け込む。
「亜瑚！　大丈夫か……っ」
すると、見慣れた景色の中、制服にエプロン姿の亜瑚がリビングの床に座り込んでいるのを見つけた。
「湊？」
俺を見るなり目を丸くする亜瑚。
よかっ、た……。無事だ……。
無事な姿を見ると、途端に体の力が抜けて、亜瑚の前にしゃがみ込む。
「どうしたの？　そんなに慌てて」
驚いたように言う亜瑚。
でも、それに反応する余裕はなかった。
俺は亜瑚の腕を引き、その体をぐっと抱き寄せた。そして簡単に腕の中に収まってしまうその体を、強く抱きしめる。
「みっ、湊？」
「うるさい。黙ってて……」
今はただ、この小さな体を抱きしめていたい。亜瑚だけ

を感じていたい。
　しばらく抱きしめていた俺は、そっと体を離した。
　しゃがみ込んだまま亜瑚の顔を覗き込む。
　うるうるした瞳で見あげてくる亜瑚を見ると、愛おしさが込みあげてきて、本当に無事でよかったと安堵する。
「心配しただろ、ばか。でも、無事でよかった」
「走って、来てくれたの？」
「亜瑚になにかあったら、どこからでも飛んでくる」
「湊……ありがとう……」
　気持ちも落ち着いてきたところで、俺は亜瑚に問う。
「それで、さっきの電話なんだったんだよ」
　悲鳴のあと、急に切れたさっきの電話。
「あ、あぁ……、あれは、その……」
　その話題を振った途端、亜瑚は言いづらそうに口ごもる。
「どうした？」
　顔を覗き込むと、亜瑚は気まずそうな表情を浮かべ、突然頭をさげた。
「ごめんなさいっ！」
　……ん？　なんで亜瑚が謝ってるんだ？
「あのね、実はゴキブリが出たから助けてっていう電話だったの！」
「は!?　ゴキブリ!?」
　マジかよ……。
「ごめんっ！　湊がこんなに本気で心配して帰ってきてくれるとは思わなくて……」

落ち着け、俺。一度頭を整理しろ。
「じゃあ、なんでいきなり電話切れたんだよ」
「突然ゴキブリがこっちに向かってきて、逃げたらスマホをゴキブリの近くに落としちゃって、取り返せなくなっちゃったの」
「で、そのゴキブリはどこ？」
「湊が帰ってきたら、テレビの台の下に逃げたよ」
　予想の斜め上を行く事の顛末（てんまつ）に、はぁ〜とがっくりうなだれる。
　さっきまでの心配、なんだったんだよ……。
　でも、我を忘れるくらい、亜瑚のことが心配だった。それだけ、やっぱり俺はこいつが大切で。
「亜瑚のことになると、マジで余裕なくなる……」
「本当にごめんね……。湊、怒ってる？」
　うなだれる俺の顔を、不安げに覗き込んでくる亜瑚。
「怒ってる。めちゃくちゃ怒ってる」
「本当ごめん！　ごめんなさい！」
　亜瑚が土下座みたいな恰好（かっこう）で謝る。
　ばーか。引っかかったな。
「悪い子には……こうしてやる！」
　俺は勢いよく襲いかかると、亜瑚をくすぐった。
「きゃっ！　あはは！　や、やめ、あはは！」
　体をくねらせて、フローリングの床を転げる亜瑚。
「こっ、降参！　参った！　きゃはは！　参った、あはは！」
「ん？　聞こえない。くすぐられてそんなに嬉しいの？」

わざと聞こえないフリ。
亜瑚の反応がおもしろくて、もっと意地悪したくなる。亜瑚の全部を、俺でいっぱいにしたくなる。
「ひゃっはっはっ！　もうダメ〜っ！」
亜瑚がバンバンと床を叩いて降参を示したから、しょうがない。やめてやるか。
くすぐるのをやめると、亜瑚が涙を拭いながら起きあがる。
「もー、くすぐりすぎ！　でも、これで機嫌直してくれた？」
甘いな。
「やだ。次は違うお仕置き」
「えっ!?　まだ!?」
だってまだ意地悪し足りない。
「でも、ほら、エビフライ作らなきゃいけないし……」
「エビフライより、亜瑚が欲しい」
「え……」
俺は上体をかがめると、ずいっと覗き込むように亜瑚に顔を寄せた。至近距離から見つめ、逃げ場をなくさせる。
「亜瑚。好きって言えよ」
「な、な!?」
「ほら、早く」
せかすと、もじもじしながらうつむく亜瑚。
なんだか俺、めちゃくちゃ欲しがりになってる。
でもこんなふうに自分をさらけ出せるのも、亜瑚にだけで。

「す、好き……」
　顔を真っ赤にして、潤んだ瞳でそう言う亜瑚がかわいくて、たまらなく愛おしい。
　俺……重症(じゅうしょう)かもしれない。
　亜瑚の手首を掴み、ささやきかける。
「もっと」
「好き……っ」
「もっと」
「好き。大好き……」
「俺も。……なぁ、亜瑚からキスして？」
　追い打ちをかけるように甘くねだれば、ただでさえ真っ赤だった亜瑚の顔が、さらに真っ赤に染まる。
「それは無理……っ。私の心臓止まっちゃう」
「そんな簡単に心臓止まらないから」
「もう……今日の湊、意地悪……」
「俺が意地悪なの、知らなかった？」
　すると下唇を噛みしめ、観念した様子の亜瑚。
「じゃあ……目、つむってて……？」
　亜瑚に従い目をつむると、数秒ためらうような間ののちに、そっと、唇に温かく優しい感触(かんしょく)が落ちてきた。
　そのキスは、ヘタだし、短い。
　でも、こんなに幸せなキスって、この世にないと思う。
　目を開けると、睫毛が触れそうなほどの近さに、白い肌を真っ赤に染めあげた亜瑚の顔があった。
「もう……許してくれる……？」

「仕方ないな。じゃあ、がんばった亜瑚にお返し」
　亜瑚の頭に手を回し、引き寄せて頬にキスをする。
　唇を離すと、亜瑚が目を細め、上気した頬をほころばせた。
「ふふ。湊、好き。大好きっ」
「そんなかわいい顔されたら、止まらなくなる」
「なっ……んっ……」
　亜瑚の声を遮って、フローリングに押し倒すと、今度は唇にキスを落とす。
「ふふ」
「笑うなよ」
　笑い声を漏らしながら、俺たちは唇を重ねあった。

波乱だらけの体育祭

【亜瑚side】
　それからも私たちの同居生活は順調に進んでいき、月日は流れて9月になった。
　9月と言えば、うちの高校には特大行事がある。そう、クラス対抗体育祭だ。
　体育祭を間近に控えた私のクラスは、盛りあがりを見せている。
　体育の授業ももちろん、グラウンドで体育祭の練習。
　そしてそんな中、女子の視線を一身に集めるのは──。
「はぁー！　如月くんカッコいい！」
「スポーツもできるなんて、本当に王子様ー!!」
「如月くんいるし、絶対うちらのクラス優勝だよね！」
　……他の誰でもない、湊だ。
　湊って、まだ走ってもないのに、きゃーきゃー言われちゃってさ。
　ジャージのポケットに手を突っ込んで眠そうにしている湊を、ちょっと睨む。
　……でも、ジャージもさらっと着こなしてるし、相変わらずカッコいい……。
　って！　なに考えてるの！
　湊がキャーキャー言われてるのをそばで見ていると、やっぱりモヤモヤしてしまう。
　昼休みを挟んでいるから、授業開始までは少し時間がある。目の前で繰り広げられる光景から目をそらすように、私はひとりで校舎の横の水道に向かった。

校舎の横の水道の付近は、人気(ひとけ)がなくて静かだった。
　朝、忙しくて髪を縛ってこられなかった私は、ジャージのポケットからヘアゴムを取り出し、ポニーテールを作る。
　でもコームを忘れてしまったために、なかなかうまく縛れない。
　何度挑戦してもボサボサになってしまい、ひとり苦戦していると。
「だーれだ」
「わっ！」
　いきなり、うしろから目を隠された。
　でも、そんなこと聞かれなくてもわかる。
「湊でしょ！」
「当たり」
　目から手が離れて、振り返ると、湊が立っていた。
「なにやってんの、こんなところで」
　うっ……。なにやってたって聞かれても……。
　湊にヤキモチやいて逃げてきた、なんて恥ずかしくて言えないし……。
「ちょ、ちょっと髪が縛りたくて」
　とっさにごまかす。本当の理由じゃないけど、嘘でもない。
「ふーん。じゃあ、俺が髪縛ってやろっか？」
「えっ！　いいの!?」
「やったことないけど、束ねるだけでいいなら」
「いいよ！　やってほしい！」

私はヘアゴムを渡して、湊に背中を向けた。
　すると私の髪に、湊の長い指が通った。
　髪をいじられるのって、慣れなくてなんだか照れる。くすぐったいような気持ちいいような、そんな心地だ。
　なんだかんだ言って丁寧に縛ってくれてるから、全然痛くない。
「よし、できた」
「ありがと！」
「亜瑚の髪、柔らかくて好きかも」
「そ、そう？」
「ずっと触ってたくなる」
　そう言いながら湊は、私のポニーテールをいじって遊んでいる。
「なんかこそばゆいんですけど、湊さん」
「気のせい気のせい」
　これじゃあ、私だけがやられっぱなしだ。
　よーし！　私も反撃してやる！
　私は振り返ると、湊のミルクティー色の柔らかい髪をくしゃくしゃーっと乱した。
「わ、なにするんだよ」
「えっへへー。お返し！」
　髪をくしゃくしゃされて、首をすくめる湊はなんだかかわいい。
　でも、かわいい湊が長く続くはずがなかった。
「俺にやり返すなんて、いい度胸だな」

そう言って、私の頬をぎゅむっと握ってくる。
「ひょ、ひょっほー（ちょ、ちょっとー）！　はひふんほ（なにすんの）！」
「仕返しの仕返し」
「ほぇ！」
「はは、ぶさいく」
「ひ、ひほーい（ひどーい）！」
　そんなくだらないやりとりをしてふたりで笑いあっていると、一瞬バチンと視線がかちあい、おたがいの笑顔が消えた。
　見つめあう瞳に、熱が籠もる。
　不意に湊の腕が伸びてきて、私の肩を掴んだ。
　あ……。
　鼓動がトクントクンと高鳴りを増していく。
「……キス、したい」
　湊の形のいい唇が、かすかに動く。
「……いいよ……」
　掠れる声でそう答えると、湊の顔が近づいてくる。
　体中が熱を帯びていくのを感じながら目をつむった、その時。
「あー！　喉乾いたー」
「こっちに水道あるよ！」
　突然話し声が聞こえて、唇と唇の間が数ミリ、というところで湊の動きが止まる。
　この声は、クラスメイトのものだ。

しかも、その声は近づいてきて、ここの水道に向かってきている。
　まずい！　湊とふたりでいるところを見つかったら、確実に怪しまれる！
　身の危険に体を強張らせたその時、突然グイッと手を引っぱられた――。
「こんなところに水道があったなんて知らなかった」
「穴場だよな」
　水道の方からそんな声が聞こえてきた時には、私は校舎と倉庫の間で抱きしめられていて。
「みっ……」
「黙ってて」
　耳もとで囁かれ、息をのむ。
　狭いから抱きあわなきゃふたりで入れないのはわかるけど、あまりに近すぎる。こんなに密着していては、この暴れ狂う心拍数が、湊に伝わってしまう。
　息を潜めて隠れていると、流れる水の音が聞こえなくなり、グラウンドの方に戻るのか、ふたつの足音は遠ざかっていった。
　いつの間にか止めていた息を、大きく吐き出す。
「行ったみたいだな」
「うん」
「いいとこで邪魔された」
　腕の中で見あげると、むすっとした顔の湊。
「ふふ。怒ってる？」

「怒ってる。でもま、帰ったら、たっぷりさっきの続きするからいいけど」
「なっ!?」
　かぁぁぁっと頬が熱を持つ。
　湊の甘い意地悪には、まだ慣れそうにもない。
　そんな私にはお構いなしで、湊はふっといたずらに笑うと、私の額にキスを落とした。

　そしてついに、体育祭当日を迎えた。
　体育祭の飾りつけをしたグラウンド。ワイワイ楽しそうな女子に、気合を入れている男子。
　どこもかしこも活気づいた学校の雰囲気に、私もワクワクしてしまう。
「やっぱり体育祭って盛り上がるね！」
「本当。行事って心が弾むものね」
　私はというと、徒競走の出番を終え、玲奈と応援席でクラスの応援中。
　徒競走の結果は、5人中4位という、微妙な位置でゴール。
　運動神経抜群な玲奈は、他を寄せ付けない圧倒的な速さで、もちろんぶっちぎりの1位だった。
「次の競技は2年男子によるお題リレーです。該当する生徒は速やかに入場門に集まってください」
　ザワザワと賑やかな会場の音を遮って、校内アナウンスが流れてきた。

２年男子ということは、湊が出場する競技だ。
「ついに、如月くん登場ね！」
「うん」
　なんだか、自分の時よりもドキドキしてしまう。
　ちらっと入場門の方を見ると、最終レーンに湊の姿を発見した。
　本人はクラスの男子と楽しそうに話していて、私のドキドキもよそに呑気なものだ。
　湊が運動神経抜群って噂はよく聞くけど、実際に湊が本気で運動してるところは実は見たことがない。体育は男女別だし、去年の体育祭は熱を出して欠席していたから。
　湊のそういう姿を初めて見るということもあり、余計に緊張しているのかもしれない。
　でもきっと、というか絶対カッコいいのだろう。
「位置について！　よーい！」
　──パーンッ。
　ピストルの音とともに、第１レースが始まった。
　このリレーは、走者が途中でコースに置かれている札を引き、その札に書いてあるお題にクリアできたら、ゴールできるというルールらしい。
　お題も様々で、１曲歌うだとか、もう１周グラウンドを走るだとか、どれもおもしろくて、見ていて飽きないものばかり。
　レースもあっという間に進んでいき、そしてついに湊の番。

「ドキドキするわね」
「うん……！」
　心臓が口から飛び出そうだ。
　でもそれはクラスの女子たちも同じみたいで、みんな食い入るようにグラウンドを、……というより湊に熱い視線を送っている。
　弾丸(たま)のセッティングをしたスターター係の生徒が、ピストルを空に向けた。
「位置について！　よーい！」
　──パーンッ。
　ついに湊たちのレーンの走者が走り出した。
　湊は抜群の反応で綺麗なスタートダッシュを決めた。
　その途端、女子からの黄色い声援があふれ出す。
　私も大きい声で応援したいのに、秘密を抱えているせいで、みんなと同じように応援できないのがもどかしい。
　声をこらえてレースを見守っていると、湊は、あっという間に札を引く場所に到着した。
「さぁ！　暫定(ざんてい)一位で到着した如月湊くんはなにを引いたのか……！　……おおっ!?　なんと、バク転です!!」
「えっ!?」
　校庭に響き渡る実況に、私は抑えることも忘れて思わず大きな声をあげてしまう。
　バ、バク転!?　さっきまでのお題より、いきなりレベル上がっちゃってない!?
「バク転って、如月くんすごいの引いちゃったわね」

玲奈が小さく耳打ちをしてくる。
「ほんと……」
　そう言いかけて、ぷつんと声が途切れた。
　なぜって、グラウンドのどまん中、湊が華麗にバク転を決める姿が目に飛び込んできたのだから。
　湊の体が宙に舞ったその瞬間は、まるでグラウンド中の時間が止まったみたいで。
　そして湊が着地をした途端。
「「「「「……きゃー!!!!!!」」」」」
　すさまじいほどの黄色い悲鳴が、グラウンドを包み込んだ。
　歓声の中、ただただ湊を呆然と見つめる私。
　ゴールした湊は、いつの間にか大勢の人に囲まれていた。……私の入る隙もないくらい。
　湊が眩しすぎて、カッコよすぎて──。
　……なんでだろう。こんなに遠くに感じるのは。
　私と住む世界が違うって、痛いほどに突きつけられたみたいで。湊が１位を取ったというのに、ちょっとだけ……苦しい。
　そんな私の思いを置き去りにするように、体育祭は順調に進み、午前の部が終わって、昼食の時間になった。
　クラスのテントに集まって、クラスメイトみんなでお弁当を食べる。
　私も玲奈と隣り合ってパイプ椅子に座り、持参したお弁当を膝の上で広げる。すると。

「うわ！　湊の弁当、カツ丼じゃん！　いいなー」

すぐうしろから湊と並んで座っている祐馬くんの声が聞こえてきた。

そう。今日は体育祭だから、"勝つ"という願掛けで湊にだけカツ丼を作った。

私なりにがんばってみたんだけど……湊、喜んでくれたかな……。

どんな反応をするか気になって、ドキドキしたまま箸を握りしめていると。

「おっ。超うまそ。これは絶対勝たないと」

喧噪(けんそう)の中でもかき消されることなく届いてきた、湊の弾んだ声。

どうしよう。すごく、嬉しい……。

「愛されてるな、俺」

湊の優しい声音に、ドキンッと甘く鼓動が鳴る。

さっきのことでモヤモヤしていたから、湊の言葉が余計嬉しい。

どんな顔でカツ丼を食べてくれているのだろう。

湊の顔が見たくて、周りにバレないようにちらっとうしろを振り向いた時。

「ねぇ、如月くん」

湊に声をかけた女子がいた。

それは、同じクラスの君村栞(きみむらしおり)ちゃん。クラスで一番かわいくて、すごくモテる子だ。

そんな子が、湊に声をかけている。

「ちょっと、一緒に来てくれないかな……」
「え？」
「お願い！」
　頭をさげる栞ちゃんと湊のやり取りに、クラス中が注目して、しんと静まりかえる。
　そんな雰囲気を察したのか、湊が立ち上がった。
「ん、わかった」
「ありがとう……！」
　そして、テントを出て歩いていくふたり。
　私はただ、そのふたりのうしろ姿を見ていることしかできなくて。
　湊、行かないで……。
　心の中で呼び止めるけど、危険を冒してまで引き止める勇気は持っていない。
　それなのに、湊が違う女の子とふたりきりになるのが、ものすごくイヤで苦しい。
　いつの間に、こんなに心が狭くなってしまったのだろう。
「如月くんと栞ちゃん、行っちゃったね……」
「ふたり、付き合ってるのかもって思ってた」
「たしかに美男美女でお似合いだよね」
　あちこちから聞こえてくる声が鋭利(えいり)ななにかとなって胸を容赦なく刺してくる。
　違う……。湊は私の婚約者なのに……。
　でも、みんなには言えないし、自分なんかが婚約相手でいいのかと自信もなくなってきた。

「亜瑚……」
　行き場のない感情を押し込めるように膝の上でぐっと握りしめていた私の拳を、玲奈が優しく握ってくれる。
「大丈夫よ。心配しないで、ね？」
「ありがと……」
　でもそわそわして、たまらない……。
　考えないようにしようとしても、ふたりのことがこびりついたように頭から離れてくれない。真っ黒くてぐるぐるした、イヤな感情が心の中から消えない。
　こんな私、自分が一番イヤなのに。
「ちょっと、トイレに行ってくるね……」
「亜瑚……」
　気持ちの整理がしたくて、私はひとりテントから離れるように、トイレに向かった。

「はぁ……」
　トイレの水道でバシャバシャと顔を洗った私は、小さくため息をついた。
　ちょっと落ち着いたかな……。
　私の心を覆っていた厚く黒い雲は、ほんの少しだけ薄くなった気がする。
　玲奈にも心配かけちゃったし、もう戻ろう。
　気持ちを引き締めるように、歩きながら頬に両手を当てて笑顔の練習をする。
　……よし、笑える。大丈夫。

グラウンドの方から、昼休憩を知らせるアナウンスが聞こえてきて、足が早まる。
　いけない。早くしないと午後の部が始まっちゃう……！
　少しでもショートカットするため、近道であるグラウンド横の木陰を通りかかった時。
「……私、如月くんが好き……!!」
　そんな声が聞こえてきて、思わず足を止めた。
　この声は……栞ちゃん？
　木陰に近づいて、声のした方を見た私は、思わず目を見張った。
「え……？」
　視界に飛び込んできたのは、栞ちゃんが男子とキスをする光景。
　男子の顔はここからは反対になって見えないけど、そのうしろ姿は、間違いなく湊——。
「……っ」
　頭が真っ白になって、目をそらすようにバッと木の陰にしゃがみ込む。
　頭が現実を受け止めることを拒否してる。だけど心は、握りつぶされているかのように、どうしようもなく痛くて。
　嘘だ、湊が他の子とキスなんて……。
　私なんかよりずっとかわいくてモテる栞ちゃんの方がいいに決まってる。
　そんなこと、痛いほどわかってるけど……。わかってるけど……っ。

気づけば、頬をたくさんの涙が伝っていた。
「ふ、う……」
　込みあげてくる嗚咽をこらえられなくなって、私はその場から逃げるように駆け出した。

「ひっく……っ」
　止まらない涙を拭いながら、校舎１階の保健室に入る。
　先生は救護係としてグラウンドに出ているから、保健室は空っぽだった。
　でも今は、それがちょうどいい。
　こんな泣き顔、誰にも見せられないし、午後はもう私の出番もないから、涙が引くまでここにいよう……。
　中央に置いてあった丸椅子に座り、気持ちを落ち着かせようとする。
　でも、どんなに時間がかかっても涙は止まりそうにない。
　涙って、こんなに自分でコントロールできないものだったっけ……。
　体育祭であんなカッコいい湊を見て、湊の婚約者が私でいいのか不安になってしまった。もっと釣り合う子が——栞ちゃんみたいな子の方がいいんじゃないかって。
　湊のことを信じたいけど、自分に自信がなくて信じられないよ……。

　それからどのくらい泣いていたんだろう。
「う、うぅ……、湊……」

涙に濡れた声でそう呟いた時。
　ガラガラッと保健室の窓が開く音がして、はっと振り向くと、そこには——。
「湊……」
　窓の外に、湊が驚いた顔で立っていた。
「どう、して」
　どうして来ちゃったの、湊。
　まだどんな顔して会えばいいのかわからないのに……。
　とっさのことに動けないでいると、湊が窓枠を軽々飛び越え、保健室に入ってくる。
「佐倉さんが、亜瑚がトイレに行ったっきり戻ってこないって言うから探してた」
　そう言いながら、私を見つめる湊の表情が不安げに揺れる。
「どうして泣いてるんだよ」
「……っ」
　泣き顔を見られたことを今さらながら自覚し、バッと急いで顔を背ける。
「ち、違うよ！　あくびしたの！」
　泣いていたことがバレたくなくて、うつむいてとっさに嘘をつく。
　でも、返ってきた湊の声は硬かった。
「嘘つくなよ」
「嘘なんてついてない」
　震えないようにとするあまり、強張ってしまう声。

木製の床しか映っていなかった視界に、湊の爪先が映り込んだ。
「俺にはバレバレだから」
　上を向かせるように腕を引かれる。
　やだ……っ。湊にこんな顔見せたくない。
　それに……きっと湊の顔を見たら、胸の中の気持ち、全部あふれ出てしまう。
「離して……！」
　湊の手を振り払い、とっさに保健室の奥に逃げる。
　でもすぐにベッドに行き着いて、逃げ場がなくなる。
　立ち止まった私は、追いかけてきた湊に手を引かれて、向かいあわせにさせられた。
「……っ」
「亜瑚」
　まっすぐな湊の瞳が、私の瞳を容赦なく貫く。
「亜瑚が泣いてるのに、放っておけるわけない。俺だけにはなんでも話せよ。俺ら夫婦になるんだから」
　なんでも話せって……。
　こうなったのは湊のせいなのに。違う子とキスなんてして……。
　心の中で抑え込んでいたなにかが爆発した気がした。
　私はキッと湊を見あげると、声を張りあげ感情をぶつけた。
「私、さっき見ちゃったの……！　湊と栞ちゃんがキスしてるとこ！」

「は?」
「ショックだったんだよ!? 私のことよりも、栞ちゃんのことを好きになったのかなって……」
　もう、押し込めたモヤモヤとした感情が、言葉となってあふれて止まらない。
「それに、本当はずっと不安だった……! 家にいる時は私の婚約者だけど、学校に行くとみんなの湊になっちゃう気がして、湊が遠くて……」
　すると、それまで黙って聞いていた湊のため息が降ってきた。
「そんなに俺の気持ち伝わってないの?」
「え?」
　反射的に顔をあげた次の瞬間、私の体は背後にあったベッドに押し倒されていた。
　反応する間も与えず、うしろ手にカーテンを閉めると、湊が私に覆いかぶさってくる。
「な、なにするの……!」
　とっさに抵抗しようとしたけれど、私の顔のすぐ横に手をついてまっすぐに見下ろしてくる湊の瞳が、私の動きを封じた。
「あれ、キスしてないよ。告(コク)られてキスされそうになったけど、断った。大切な人がいるからって」
「それって……」
「亜瑚に決まってる」
「……っ」

じゃあ、誤解、だったってこと……？
　頭の中と気持ちを整理させる間も作らず、湊がたたみかける。
「そんなに俺、信用ない？」
「ちが……」
「俺は学校いる時も、ずっと亜瑚のこと考えてる。俺の頭ん中、亜瑚しかいないよ」
「湊……」
　まっすぐに見つめてくる眼差しに瞳が囚われて、ストレートな告白に心がグッと掴まれる。
「でも今までの愛情表現じゃ、俺の気持ち伝わらないってこと？」
　不意に、湊の声が押し込めたように低くなった。
「え……？」
「俺の全部、やるよ。俺はもう、亜瑚のものだから」
「……っ」
　湊の言葉に、体中が熱くなる。
「だから、亜瑚も全部俺に預けて。不安になんかさせないくらい、愛してやるから」
「み、」
　私の声を遮り、覆い被さるように唇が塞がれた。
　苦しいくらい、強引なキス。こんなキスをされたのは初めてで。
「んっ、んんっ……」
　でもここは保健室だ。いつ先生が戻ってくるかもわから

ないし、生徒が入ってくるかもしれない。こんなところ見られたら、私たちのことがバレてしまう。
「ん、だ、ダメっ……。誰かが来たら……んんっ」
　力を振り絞り、なんとか抵抗するも虚しく、再び湊に唇を塞がれてしまう。
　そっと目を開ければ、かすかに目を開けた湊と、わずか数センチという距離で視線が絡みあった。
　湊の目……いつもより熱を帯びてて、なんだかすごく色っぽい……。
　そんな目で見つめられたら、もう湊のことしか考えられなくなってしまう。
「み、なと……っ」
　湊のジャージをギュッと握り締めると、湊はそっと唇を離した。
　そして、熱っぽい瞳で私を見下ろしてくる。
「もう限界。止まれない。学校では我慢してたのに、亜瑚のせいだから」
「い、意地悪……」
　すると、湊は私の額に額をくっつけて、至近距離から私を捉えて囁いた。
「言っとくけど、俺を意地悪にさせてるのは、亜瑚だから」
　そして、私たちの唇と唇の数センチの隙間がなくなった。
　今度は、優しくて甘いキス。
　何度も角度を変えて、キスを重ねる。そのとろけるようなキスに、いけないとはわかってるけど、思わず声が漏れ

てしまう。
「……ふっ……んっ……」
　熱に浮かされ、頭がぽわぽわしてきた。
　やがて焦れったそうに唇が離れたかと思うと、今度は首元にキスをされる。
　湊の唇が当たるだけで、ビクッと反応してしまう体。
　その時、突然チクッとした痛みが首元に走った。
「なに……？」
　驚く私に、上体を起こした湊が、ふっと意地悪な笑みを向けた。
「キスマーク。亜瑚が俺のものっていう印」
「……っ」
　襟で隠れる場所とはいえ、キスマークなんて……！
　恥ずかしくなって思わず首を手で隠すと、湊にその手を引っぱられ、また露わになるキスマーク。
「そういう反応、かわいすぎて反則……」
　あ……。湊の顔、赤い……。湊もドキドキしてくれてるんだ……。
　上体を起こすとまた視線が絡みあい、唇が近づく――と、その時。
「最終プログラム、選抜リレーの準備を始めます。該当する生徒は速やかに入場門に集まってください」
　突然入ったアナウンスに、ぴたっと動きを止める私たち。
　選抜リレーは、湊の出場種目だ。
「また邪魔が入ったな」

「ふふ。しょうがないね」
　くすくす笑うと、湊が額をこづいてきた。
「ねぇ、亜瑚。リレーがんばれるように、愛、伝えて？」
「え？」
「早く」
　湊がまた私に覆いかぶさり、優しく抱きしめてくる。
　さっきまでの色っぽさ全開の湊とは正反対で、懐いてくる子ネコみたいな湊がすごくかわいい。
「よーし、わかった！　愛をいっぱいあげる！」
　くしゃくしゃーと頭をなでると、湊は体を起こし目を細めて笑った。
「これでがんばれる」
「がんばれ！　応援してるから！」
　ベッドの上で起きあがり、ガッツポーズを作る。
　湊は、軽々と保健室の窓枠に飛び乗った。そしてこちらを振り返る。
「愛する婚約者のために走るから、目離すなよ」
「もちろん！」
　湊しか見ないよ、絶対！
「じゃ、未来の旦那、妻のためにがんばってきます」
　湊が敬礼をする。
「未来の妻、精いっぱい旦那の応援してます」
　私も敬礼を返すと、湊は優しく笑い、窓から飛び降りてグラウンドへ駆けていった。
　私は保健室でひとり、遠ざかっていく、その頼もしい背

中を見つめる。
　ほんと、湊には敵(かな)わないや……。
　さっきまでの不安が、今はもう全部消えている。
　よし！　私も応援に行かなくちゃ！
　私は保健室を出て、グラウンドに向かって廊下を駆けた。

　グラウンドに走り出ると、もう選抜リレーが始まっていた。トラックを隙間なく生徒が囲んでいる。
　出遅れた私は必死に背伸びをして、戦況を確認する。
　私たちのクラスのアンカーであることを示すタスキを掛けた湊は、待機列に並んでいた。
　そして私たちのクラスは今、6チーム中6位。つまり最下位。
　固唾(かたず)をのんでレースの行方を見守っていると、バトンを受け取った湊の前の走者の祐馬くんが走り出した。
　祐馬くんも足が速い。前を走っていたクラスのランナーを抜かし、5位に躍り出た。
　そして、まもなく湊にバトンが渡る。
　私はいても立ってもいられなくなって、トラックの途中あたりで隙間を見つけ、最前列に出た。
　やっぱり、自分のことみたいに心拍数があがってしまう。
　でも、私の役割はしっかり応援すること。ちゃんと湊の姿、見ていなくちゃ……！
　そしてついに、湊にバトンが渡った。
　その途端、勢いよく走り出す湊。そしてすぐ前を走って

いた４位のクラスを抜いた瞬間、グラウンドを包む空気が揺れた。
「きゃー!!　如月くーん!!」
「如月くん、カッコよすぎるー!!」
　さすが、湊への声援はすごい。
　さっきはこの声援に物怖じしてしまったけど、もう気にしない。婚約のことがバレてしまうとか、そんな難しいことは考えないで応援する。そう決めたのだ。
　湊がこちらへむかって走ってくる。
　目の前を走り過ぎるタイミングで、私は大きく息を吸って声を張りあげた。
「如月くーん!!　がんばれー!!!」
　その時。湊が私に気づいたのか、バチッと視線がぶつかった。
　ふっと余裕たっぷりに笑う湊。
　そして、私の目の前を走り過ぎるとさらに加速し、ひとり、またひとりと抜かしていく。
　カッコよすぎるよ……。眩しすぎるよ……。
　さっきは遠く感じたけど、今は違う。湊が精いっぱい気持ちを伝えてくれたおかげで"私だけの湊"なんだって、自信を持ってそう思える。
　そしてついに、湊の前を走るのは１位のランナーだけになった。
　彼は湊の射程圏内。
「いけーっ!　がんばれー!　如月くーん!!」

無我夢中で声援を送る。
　そしてついにゴールまで10メートルというところで、あとひとりを抜かし、大観衆が見守る中、湊が１位でゴールテープを切った。
「「「「「きゃー!!!!!!」」」」」
　その瞬間、耳をつんざくような大歓声に揺れるグラウンド。
　ゴールをした湊は、笑顔でこちらを振り返り、拳を空に向かって突き上げた。
「「きゃー!!!」」
　私の周りにいた女子が悲鳴をあげる。
「私に向かってガッツポーズした！」
「私にだってー！」
　でもね、ふふふ。私にしたんだなぁ、これが。
　私はまわりにバレないように、こっそり湊に手を振った。

　そして体育祭の結果は、見事私たちのクラスが総合優勝した。
　２位のクラスとは５点差。つまり、湊がリレーでごぼう抜きをしなければ、優勝はなかったということで。
　あらためて、湊のすごさを知らしめられてしまった。
　こうして、波乱あり、ドキドキあり、そして刺激強めの私たちの体育祭は幕を閉じた。

愛を見つけた日

【湊side】
「あっははは ぁ！」
「もう笑うな」
　俺は、テーブルの向かい側で笑い転げている祐馬を睨んだ。
　体育祭から月日は流れ、今日は12月24日。クリスマスイブ。
　それなのに俺は今、家のリビングで祐馬とふたり、夕飯を食べている。
「だってさ、冬休みになったからって、クリスマスに実家に帰省するとか、もう亜瑚ちゃん最高じゃんー！」
　こいつの言う通り、亜瑚は冬休みになると、すぐに実家に帰ってしまったのだ。年末くらいは帰ってきてほしいと、親御さんに言われたらしい。
　明日はあいつの誕生日だというのに。一緒に過ごせないとか、考えもしなかった。
「それで、亜瑚ちゃんはいつ帰ってくるの？」
「1月2日。来年だよ」
　グラスに注がれた炭酸水をあおり、ムスッと答える。
　亜瑚が家に帰ってから、4日が経った。
　たった4日なのに、亜瑚がいないだけで1ヶ月くらいに感じる。
　それなのにあと1週間もいないとか、耐えられる自信がない。
「まぁさ、せっかく宅配ピザ頼んだんだし食べろって！」

「……んー」
　宅配ピザもおいしいけど、あいつの手料理が食べたい。ハンバーグとか、エビフライとか。
「でも、誕生日に会えないんじゃ、あれ、渡せないのかー」
　祐馬がピザを食べながら、残念そうに口を尖らせる。
　実は、亜瑚には内緒で体育祭のあとからバイトを始めた。サプライズで、ある物を贈るために。
　でも、そんなこんなで、誕生日には渡せなくなってしまった。
「バイトしてるの、バレなかった？」
「全然。塾(じゅく)行くって嘘ついたら、見事に信じた」
「あはは！　亜瑚ちゃんらしいや」
「あいつ、ほんとばかがつくくらい素直すぎるから」
　亜瑚のことを思い出してくすりと笑うと、祐馬がテーブルに肘をつき嬉しそうに微笑んだ。
「湊、やっぱり変わったな☆」
「え？」
　変わった？　俺が？
「よく笑うようになってさ、雰囲気も柔らかくなった。学校のヤツらもみんな、そう言ってるよ」
「そう、なのか？」
　そんなふうに言われてるなんて、初めて知った。
「今の湊の笑顔は、亜瑚ちゃんが作ったんだな。亜瑚ちゃんに出会うまでは、笑うことも忘れたみたいに、いつも自分の感情押し込んでたじゃん？」

誰より俺を見てきた祐馬に言われ、返す言葉を失う。
　たしかに、母さんのことがあってから、こんなふうに笑ったことはなかったかもしれない。
　……亜瑚に出会うまでは。
「俺にしか心を開かなかった湊が、誰かを愛せるようになれた」
　祐馬がメガネの奥の瞳を細め、穏やかに笑う。
「だから、亜瑚ちゃんには感謝してるんだ。湊の心の闇を、晴らしてくれた。それはきっと、亜瑚ちゃんにしかできなかったことだから」
「祐馬……」
　そんなふうに考えてくれてたのか……。
　あらためて、親友の大切さというか、ずっと隣にいてくれた祐馬の存在の大きさを身に染みて感じる。
「って、なんか面と向かってこんなこと言うの照れる～♪」
　しんみりした空気を明るくするように、わざとおちゃらける祐馬に、思わず俺も苦笑する。
　と、その時、掛け時計から23時を知らせる音楽が流れてきた。
「やべっ。もうこんな時間か！　帰らなきゃ」
　祐馬が慌てて立ち上がる。
「今日はありがとな。急に誘ったのに来てくれて」
「いいってことよ～！　でもま、親友には幸せになってほしいってのが、本音だけどね」
「ん？」

「あぁ、こっちの話！　んじゃ、帰るね。メリー・クリスマァッス☆」

　高らかにそう言い残して、祐馬が帰っていった。

　バタンと玄関のドアが閉じられた途端、まっさらになったかのように、部屋が静かになる。

　はぁ……。また、ひとりだ。

　部屋を見渡してみても、誰もいない。この部屋、こんなに広かったっけ。

　俺は、いつでも寝られるようにと背もたれを倒したソファーに、仰向けに横たわった。

　亜瑚が来るまでは、ずっとひとりだった。ひとりで起きて、ひとりでご飯食べて、ひとりで寝て、毎日それが普通で。

　それなのに今はこんなにも、ひとりの時間が物足りない。

　それはきっと、亜瑚が隣にいる温もりを知ってしまったから。

「って、なにカッコ悪いこと考えてるんだよ……」

　あいつは今、家族と過ごしているのだ。突然婚約させられて、離れ離れにならなきゃいけなくなったけど、本当は両親とゆっくり過ごしたい時もあるだろう。ちょっとくらい帰してやらないとかわいそうだと思う。

　永遠に会えないわけじゃないし、１週間後には帰ってくるわけだし。

「仕方ない。たまには離れるのも……」

　だけど、そう呟いた俺の声は、尻すぼみになって力なく

消えた。

　だって、いろんなところに亜瑚の気配が残っているから。
　キッチンを見ればご機嫌に料理を作る亜瑚の姿が、ソファーを見ればふたりでくっついてテレビを見ていたなにげない記憶（きおく）が、ありありとよみがえってくる。
　……会いたい、亜瑚に。
　くしゃっと前髪を乱し、ため息をついた、その時。突然、頭上に放置していたスマホが鳴った。
　横になったままスマホを手に取り顔の上にかざせば、それは祐馬からのメッセージ通知だった。
　画面をタップし、メッセージを開くと、にぎやかな文面が目に飛び込んできた。

《俺から親友にクリスマスプレゼント！
　もうそろそろ届く！と思う！(^_^)
　いいクリスマス過ごせよ☆☆》

　どういう意味だ、これ。届くって、なにが？
　まったく要領を得ない謎（なぞ）のメッセージに、疑問符を浮かべた、その時だった。
「――湊!!　大丈夫!?」
　バンッとリビングのドアを開ける音とともに、懐かしくて愛おしい声が聞こえてきたのは。
「……っ」
　上体を起こしてドアの方を振り向いた俺は、思わず目を

見開いた。
　驚くのも無理はない。なぜか、実家にいるはずの亜瑚が、息を切らしてそこに立っているのだから。
　……は？　なんで…？
　思考がまるで追いつかない。
「どうして亜瑚が……」
「湊が死にそうだって、祐馬くんからメールが来て、心配で心配で……お父さんに送ってもらって帰ってきたの」
　亜瑚が、ソファーに座ったまま動けないでいる俺の元に歩み寄る。
　よく見ると、亜瑚の瞳には今にも溢れそうなくらい涙が溜まっていた。髪もボサボサで、慌てて来たのがよくわかる。
「大丈夫なの？　どこか体調悪いの？　死にそうって、なにかあった──」
　まくしたてるように問いかけてくる声が途切れ、ドサッと重い音を立てて亜瑚が肩に掛けていたボストンバッグが床に落ちた。
「み、なと」
　気づけば俺は、目の前に立つ亜瑚の手を引き、その体を抱きしめていた。
「……亜瑚不足で死にそうだった」
「……っ」
　亜瑚には本当、かなわない。カッコ悪いけど、亜瑚の前では本音が出てしまう。

「実はね、私も湊に会いたくなって、湊不足だった」
　照れたように、頭上でそっとつぶやく亜瑚。
「マジ？」
「うん。本当は明日帰ろうかなって思ってたの。お父さんもお母さんも大好きだけど、湊も大好きだから」
　あぁー、やばい。こいつは、俺のこと何回落としたら気がすむんだろう。
　……もう、限界。
　俺はそっと体を離すと、ぐっと顎をあげ、小さくて赤い唇に自分のそれを押し当てた。
「……ん……」
　突然のキスに一瞬驚きを見せたけど、俺の首に手を回し、受け入れる亜瑚。
　唇を離すと、真っ赤に頬を染めた亜瑚が見おろしてくる。
「亜瑚、かわいい」
　そっと微笑んで本音をこぼせば、わかりやすく動揺してさらに顔を赤らめる亜瑚。
「なっ……、み、湊だって、見るたびにびっくりして見惚れちゃうくらいカッコいいよ」
　なにそれ、と思わず苦笑したその時。掛け時計から、また音楽が流れてきた。12時だ。
　俺は目の前にいる、愛おしい彼女の頬を両手でそっと包み込んだ。
「誕生日おめでとう、亜瑚」
　そう伝えれば、みるみるうちに、その顔に笑みが広がっ

ていく。
「わぁ！　ありがとう、湊！　覚えててくれたんだ……」
「当たり前だよ」
「嬉しい……！」
　亜瑚が勢いよく俺の胸に飛び込んでくる。
「おわ、」
　ソファーに腰かけていた俺は、その反動で仰向けに倒れた。
「ふふっ」
　上体を起こして、無邪気に笑い声をあげた亜瑚の顔から、はっとしたように笑顔が消える。
　亜瑚が俺に馬乗りするような体勢になっていることに、今さら気づいたのだろう。
　頬に熱が宿るのが、見ていてわかった。
　静かに腕を伸ばし、亜瑚の頬に垂れかかる髪をさらりと耳にかけると、ぴくんと亜瑚の肩が揺れる。
　……緊張、してる。
「大丈夫だよ。亜瑚の心の準備ができるまで待つって決めてるから」
　でも亜瑚はうつむいたまま、俺の上からどこうとしない。
　待つとは言っても、こんな近くに、しかもこんな体勢でいられると、なかなか厳しいものがあるんですけど。
「亜瑚さーん？　早くどいてくれないと、なにもしないでいられるほど俺はできてな──」
　と、その時。不意に亜瑚が覆いかぶさり、俺の胸元に顔

を埋めてきた。
「亜瑚？」
　再び体を起こした亜瑚は下唇を噛み締め、潤んだ瞳をそらさずに、消え入りそうな、か細い声で呟いた。
「湊……好き……。だから……大丈夫、だよ」
「……っ」
　もう——ダメだ。
　今日まで我慢してきたものが、あっさりと決壊していくのがわかった。
　理性を手放すと、亜瑚の首に手を回し、無理やり唇を奪う。
「みっ、なと……んっ……」
　必死に俺についてこようとする亜瑚が愛おしくて、何度も角度を変えてキスをする。
　そのたびに漏れる、亜瑚の甘い声。
　もう、手加減なんてしてやらない。俺の理性を崩壊させたのは、亜瑚自身なんだから。
「亜瑚……」
「湊……好き……。好きだよ……っ」
　そして、婚約してから約８ヶ月。俺たちは、ひとつになった。

　眩しい日の光に目を覚ました俺は、隣でスヤスヤと穏やかに眠る亜瑚を見つけた。
　あ……。俺の手、握ってる。

亜瑚の頬を指でたどるように優しくなでる。
　すると、亜瑚は幸せそうにほころんで、寝言を呟いた。
「湊……。好き、だよ……」
　あまりにかわいい寝言に思わず苦笑して、俺は上体を起こし、亜瑚を見おろした。
　亜瑚の寝顔を見ていると、なんだか不思議な幸せが心に満ちてくる──。
　思い返せば、今までいろんなことがあった。
　初めて出会った時は確か、亜瑚が落ちてきたんだった。階段の上から落ちてきて、俺が抱きとめて。
　それから同居が始まって、亜瑚は出会って間もない俺の誕生日を祝ってくれた。そして『生まれてきてくれてありがとう』と、俺がずっとずっと求めていた言葉をくれた。
　俺の過去を知った時も全部受け止めて『そばにいさせて』と、そう言ってくれた。
　決まりでの婚約なんて、どうせすぐ破綻して終わりだと思ってた。
　でも、亜瑚は俺に愛を教えてくれた。孤独だった俺を救ってくれた。
　こんなにも心が満たされることがあるなんて、亜瑚に出会わなかったら、たぶん一生知らないままだった。
　ありがとう、亜瑚。
　愛しい彼女を起こさないように心の中でそう呟き、頬にそっとキスを落とした。

私だけのフィアンセ

【亜瑚side】
　クリスマス当日。
「ほら、行くよ」
「ちょ、ちょっと待って〜」
　部屋の外から湊が呼んでいるけど、まだ洋服が決まらない私は切羽詰まった声をあげた。
　それというのも、まったり自宅で誕生日を過ごそうとしていたら、いきなり湊が『今からデート行こう』なんて言いだすから。
　言われたのは、つい30分前。すごく嬉しいけど、いくらなんでも急すぎる。
　そんなこんなで今、部屋着でいた私は大急ぎで着替え中というわけなのだ。
　それにデートといっても、もう時計は17時を指そうとしている。今から出かけて、なにをするつもりなんだろう。

　──そして10分後。
　全身鏡に映る私は、ワンピースと、玲奈からちょっと早めにもらった誕生日プレゼントのコートを着ていた。
　どちらも初めて着るということもあり、るんるん気分で、先に家の外で待っている湊の元へと向かう。
「お待たせ！」
　と、家を出た途端いきなり視界が真っ暗になる。
「え？　なに？」
「サングラス。変装してれば、外でもイチャつけるし」

「変装デート？」
「そういうこと」
　そう言って、そっと微笑んだ湊が手を差し出してくる。
　外で手を繋ぐのなんて初めてだ。
　緊張しながら手を伸ばすと、反対から伸びてきた湊の手にぐっと引き寄せられるように捕まえられた。そして、自然に指を絡ませてくる。
　これは……いわゆる恋人繋ぎというやつでは……！
　家でふざけて手を繋いでるのとは違う感覚に、ドキドキと胸が高鳴る。

　――そう。ドキドキしてた。
　してたけど！　湊への、女の子たちの熱い視線が～！
　今日も今日とて、注目を集めている湊。
　なんでこんなに、どこに行っても輝いてしまうのだろう。
　電車に乗っていても感じる周りからの熱い視線に、相変わらずモヤモヤしていると。
「あらー、カップルさん？」
　すぐ近くの座席に座っていたおばあちゃんが、ふと声をかけてきた。
「はい。ちなみに"夫婦"になる予定なんですよー！」
　チャンスとばかりに、周りに聞こえるように、わざと大声で言ってみる。
「あらまぁ。若いのにもう婚約されてるの」
　目をまん丸にして驚くおばあちゃん。

「えへーっ。まぁ」と頭をかいて照れたその時、駅に停車した電車のドアが開いて、たくさんの人が乗り込んできた。

うわ、人が多すぎて潰される……！

人混みに流されそうになっていると、どこからともなく伸びてきた湊の手に腕を引かれ、私は電車のドアと湊の体の間に収まった。

湊に守られるように囲まれ、誰ともぶつからなくなる。

「ほんと、危なっかしい」

ため息交じりの声に顔をあげれば、ドアに手をつきこちらを見おろす湊の視線と視線とが交じりあう。

電車が混みあっていることもあり、密着せずにはいられない距離にドキンと心臓が揺れる。

「守ってくれて、ありがとう」

緊張をこらえてそっとお礼を告げれば、湊がなぜか気まずそうに斜め下へ視線をそらした。

「守ろうとしたのも、あるけど……」

「ん？」

「……こんなかわいい亜瑚のこと、あんまり他の人に見せたくないから」

「え……？」

「周りの男が亜瑚を見てて、妬いてた」

「……っ」

思いがけない湊の言葉に不意を突かれ、声を詰まらせる。

湊が、ヤキモチを妬いてくれてた……。てっきり、そん

な気持ちになるのは、私だけだと思ってたのに……。
　甘酸っぱくて幸せな感情が込みあげてくる。
　顔が赤くなるのを感じながら、湊に守られるような体勢のまま、電車に揺られた。

「どっわ〜!!　綺麗〜!!」
　目の前に広がった光景に、私は目を輝かせ、思わず歓声をあげた。
『亜瑚に見せたくて』
　そう言って連れてこられた広場の中央にあるのは、大きなクリスマスツリー。
　デートスポットになっているのか、カップルがたくさんいる。
　ツリーを彩るイルミネーションがとっても綺麗だ。こんなに大きなクリスマスツリー、見たことない。
「湊、すっごく綺麗だよ……!　連れてきてくれてありがとう!」
　くるっとうしろを振り返ると、湊はくすくす笑っていて。
「ほんと、想像どおりのリアクション」
　そして私に一歩近づくと、マフラーを直してくれる。はしゃぎすぎて、いつの間にかほどけかかっていたみたいだ。
「ありがとう!　はぁー、本当に幸せな誕生日だなぁ……」
　白い息とともに、抱えきれない幸福感を吐き出す。
「でも、まだ誕生日プレゼント渡してないよ？」
「え？　誕生日プレゼント？」

きょとんと首を傾げると、湊が私の手を取り、そして薬指になにか光るものをはめた。
　手元へ視線を落とした私は、息をのむ。
　え……、嘘……。
「これ……指輪……？」
　視線を上げると、湊が顔の前でそっと左手を開いた。
　その薬指には、私と同じ指輪がはめられていて。
「ペアリング。プロポーズ、してなかったと思って」
「え……？」
　感情がまだ追いついてこない私の手を、再び湊が優しく握る。
「これから先もずっと、一番近くで笑っていてほしい。俺と……結婚してください」
「湊……」
　頬を熱いものが伝う。
　嬉しすぎて、幸せすぎて——。
「よろしく、お願いします……」
　たったひと言が、喜びに震えていた。
　すると、湊がくしゃっと笑う。
「あー、やばい。俺、世界で一番幸せかも」
「私も……幸せだよ……。世界で一番、誰よりも……」
　薬指にはめられた指輪を見る。
　愛する人からもらう指輪って、こんなにも輝いて見えるんだね……。
「ねぇ、この指輪どうしたの……？」

「バイトして買った。亜瑚には塾って嘘ついてたけど」
　嘘……。まさか、私のためにそこまでしてくれていたなんて……。全然気がつかなかった。
「ふ、うう……」
「また泣く。本当に困った泣き虫ちゃんだな」
　笑いながら涙を優しく拭ってくれる湊の手の温もりに、また涙腺が緩んでしまう。
「だって、嬉しくて……っ。湊……ありがとう……」
「お礼を言うのは俺の方。俺と出会ってくれて、ありがとう」
　大好きな湊がこんなにも優しい笑みを向ける先にいられることに、喜びと幸せで胸が震える。
「亜瑚、愛してる」
　湊の親指が私の唇をそっとなぞり、そして——眩いほどきらめくクリスマスツリーの下、私たちの唇が重なった。
　涙でほんのちょっとしょっぱくて、でもとろけそうなくらい甘い、愛する人とのキス。
　今この時、私は間違いなく世界一幸せな女の子だ。
　湊に出会えて、彼の婚約者になれて、よかった……。

　出会いは最悪で、愛から始まらない婚約なんて、幸せになれるはずがないって思ってた。
　それなのに、いつの間にかこんなにもあなたのことが大好きになってた。
　好き。何度言っても足りないくらい、この気持ちがどうやったら言い表せるかわからなくてじれったいくらい——

愛してる。
　これからもずっとずっと、愛しいあなたに愛を誓うよ。

　　　　　　　　　　　　　　　　　　　　　　　Fin.

特別書き下ろし番外編

修学旅行

　時は流れ、11月。
　私たちは高校3年生に進級し、高校生活最大の行事を迎えようとしていた。
「いよいよ来月は、修学旅行だ」
　HRの時間。教卓に立った先生の声に、教室内のボルテージが一気に上がった。
　修学旅行は2泊3日。行き先は京都だ。
「そこで今日のHRでは、2日目のグループ行動におけるグループ編制を行いたいと思う」
　その途端、教室のあちらこちらがざわつく。
　グループ編制は、修学旅行の中で一番重要になってくる。なんてったって、2日目をずっと一緒に過ごすことになるメンバーを決めるのだ。
　3年生に進学し、残念ながら祐馬くんとは別のクラスになってしまったけど、湊と玲奈と同じクラスになった。
　ざわつく教室の中、私は顔の前で手を合わせる。
　湊か玲奈と……ううん、あわよくばふたりと同じグループになりますように……！
　ちらりと、教室の対角位置——廊下側の一番前の席に視線を向ける。
　そこに座る湊のうしろ姿に、女子たちがちらちらと視線を投げかけている。

3年生になり、くじ引きによる席順は離れてしまったけど、1年半ほどを過ぎた湊との同居生活は文字どおり順風満帆そのもの。

　残り少ない学校生活でも湊との思い出が作りたいです、神様……！
「静かに。それじゃ、そうだな、このくじを廊下側の席から順番に引いていくか」

　鎮まることを知らない教室をまとめるようにぱんぱんと手を叩き、先生がお手製のくじの箱を教卓の上に置いた。

　廊下側からということは、湊が一番初めに引くということだ。

　ガタッと席を立った湊の動向を、クラスの女子が固唾を飲んで見守る。湊に憧れる女子にとっては、ここですべてが決まると言っても過言ではないのだ。

　そんな熱すぎる視線にもまったく動じず、湊がグループの番号が書かれたくじを1枚引く。

　そしてくじを開き「5班」とだけ言う。

　その瞬間、ぴんと張り詰めていた教室の空気がふっと緩む。5班を引けば、勝ち組というわけだ。

　そしてどんどんくじが引かれていき、5班の残り枠はあとふたり。

　玲奈もひと足先にくじを引き、残り1枠だった2班を引き当てた。つまり、玲奈と同じグループになれる可能性は消滅したということで。

　これで私が目指すべきは、5班だけになった。

窓際の教室後方に座る私は、最後から２番目。
　前の前の席に座る女子が、５班を引き当ててしまい、残りは１枠。湊と同じ班になれる可能性は２分の１。
　湊、待っててね……！　私、同じグループを引き当ててみせる……！
　闘志を燃やしながら、自分の番になった私は教卓に向かう。
　そして、願いを込めた右手を、くじの箱に突っ込んだ。
　二者択一……これだ！
　１枚を掴み、ふたつに折り畳まれたルーズリーフを開くと、そこに書かれていた数字は。
"３"
「えっ」
「はい、来栖は３班なー」
　ななななな、やってしまった——っ!!!!　２分の１を外すなんて、なんてこと——っ!!!!
　今すぐ頭を抱えたい気持ちをなんとか抑え、絶望に染まった表情でちらりと湊に視線を向ければ、頬杖をついた湊が私を見ていた。そして、「ばーか」と口パクで伝えてくる。
　……で、ですよねー……。せっかく２分の１だったのに、うう……。
　いまだかつてないほど自分のくじ運のなさを恨みながら、私はとぼとぼ席に戻った。

それから早速、グループごとに机を寄せ合い、顔合わせや話し合いをすることになった。
　3班は、男子3人、女子3人の6人というグループ編制だった。
　みんな話したことがないメンバー。
　特に私以外の女子ふたりは、常にふたりでいるほど仲よしで、さっきからずっとふたりきりで話しているから、線を引かれているようで、話に入っていけない。
　少しずつでもいいから、仲よくなっていかないと。
　そんな焦りを感じていると、グループ行動の日の行き先をどこにするか、さっそく話し合いが始まった。
「行きたいところ、探してみて」
　グループのリーダーになった男子に指示され、それぞれ、各班に配布された旅行ガイドをチェックする。
　どの観光地も、魅力的で目移りしてしまう。
　でもやっぱり、ページをめくる手が止まってしまうのは、スイーツ特集のページだ。抹茶パフェに、あんみつなど、京都ならではのスイーツの写真が並んでいる。
　どれもおいしそう……！　甘いのがあまり好きじゃない湊も、抹茶が使われたパフェとかなら食べられるんじゃないかな……。なんて、行き先を探すのも忘れてスイーツ特集に釘付けになっていると。
「うわ、うまそー」
　そんな声が降ってきて顔を上げると、隣の席の男子が私が広げているガイドブックを、興味津々な様子で覗いてい

た。
「おいしそうだよね！」
「俺、甘党だから、スイーツには目がないんだよね」
　そう言って白い歯を見せて笑うのは、今年から同じクラスになった高城くんだ。サッカー部のエースで、眩しい笑顔が印象的。
「京都に着いたら、タカジョウくんはどこに行きたい？」
「え？」
　なぜか目を丸くする高城くん。だけどすぐに、ははっと破顔した。
「俺の名前、タカジョウじゃなくてタカギだよ」
「えっ、うわ、ごめん……！」
　名前を覚えるのが異常に遅い私だけど、これはあってはならない失態だ。
　顔を真っ青にして謝る私に、高城くんは眩しい笑顔のまま言ってくれた。
「気にするなって。それなら下の名前で呼んでよ」
「いいの？」
「うん。っていうか、呼んでほしいな」
　名前を間違えたことを許してくれた上に、仲よくなれるきっかけを作ってくれるとは。
　なんて優しいんだろう……！
「へへ、ありがとう。夾(きょう)くん」
「いーえ」
　照れながら名前を呼んでみれば、笑顔を返してくれる夾

くんに胸が温かくなる。
　どうなることかと思ったけど、俄然楽しみさが増してきた。

　それから話し合いは進み、みんなの意見を取り入れつつ、行き先が決定した。
　話し合いがひと段落したところで、ちらりと湊の班の方へ視線を向けると、案の定、湊は同じ班の女子たちに両隣をキープされている。
「湊くん湊くん、どこ行きたいっ？」
「みんなが行きたいとこでいいよ」
「金閣、湊くんと回りたいな～」
　そちらに意識を向ければ、ひときわ高い女子たちと湊の会話が聞こえてきて、私は下唇を噛みしめる。
　くそーう！　うらやましすぎるーっ！
　しかも真正面に座っているのは、噂に疎すぎる私でもその交際歴を知っているほど、男子にモテモテな城ヶ崎さんだ。同級生とは思えない大人っぽくて綺麗なルックスで、いろんな男子に告白されまくっているらしい。
　あんな美人なナイスバディに迫られたら湊は……。
　そう考えたところで、ぶんぶんと頭を振り、卑屈な感情を振り払う。
　大丈夫。湊は私だけを愛してくれてるんだもん……！
　モテる婚約者を持つと、こうも気が休まらないものか。

そして波乱のHRが終わり、昼休み。
　私は玲奈と机を合わせて、いつものようにお弁当タイムだ。
　精神的に疲れたからか、お腹はぺこぺこ。
　早速弁当包みを広げようとした私は、先にふたが開かれた玲奈のお弁当に反応した。
「お、玲奈、今日はサンドイッチなんだ！」
　いつも和食が詰まっている玲奈のお弁当箱には、珍しくサンドイッチが詰め込まれている。
「今日は拓也のサッカーの大会があるから、食べやすいようにってサンドイッチになったみたい」
「なるほど……！　こんなにおいしそうなお弁当食べたら、拓ちゃん大活躍間違いなし！　だね！」
「ふふ、そうだといいわね」
「拓ちゃんなら大丈夫だよ〜！」
　そんな会話を交わしながら弁当包みを広げた私は、そこではっと固まった。
　黄色い花柄の私用の弁当包みから姿を現したのは——湊のお弁当箱だ。
「やばっ！」
　まわりから見られないよう、慌てて弁当包みを包み直す。
　朝、中身を間違えて包んじゃったんだ……！
「どうしたの？」
　長い指でサンドイッチをつまみ、玲奈が尋ねてくる。
「お弁当箱、間違えちゃったみたい」

まわりに聞こえないよう、こそっと答えると、玲奈が目を丸くした。
「まぁ、それは大変」
　さっと湊の席の方に視線をやると、隣のクラスから遊びに来た祐馬くんと談笑していて、まだお弁当には手をつけていないようだ。

《お弁当箱間違えちゃった……！　お弁当持って、音楽室来て！》

　昼休みは使われない音楽室を指定し、湊に慌ててメールをする。
「ごめんね、玲奈。ちょっと行ってくる……！」
「行ってらっしゃい」
　玲奈に断り、私はお弁当を持って教室を駆け出した。

　無人の音楽室で待っていると、間もなくドアが開き、湊がお弁当を持って姿を現した。
「亜瑚」
「あっ、湊……！」
　窓際の椅子に座り、グラウンドを眺めていた私は、慌てて駆け寄る。
「ごめん、間違えちゃった」
「いや、開ける前だったから平気」
「よかった〜」

ほっと胸をなで下ろしていると、不意にこつんとおでこを小突かれた。
「へっ……」
「亜瑚、くじ運悪すぎ」
　額を押さえて顔を上げれば、拗ねたような表情の湊がそこにいて、不謹慎だけどちょっときゅんとしてしまう。
　修学旅行の班が分かれちゃったこと、気にしてくれてたんだ……。
「ごめん……！　まさか、あんな千載一遇のチャンスを逃しちゃうなんて……」
　言いながらくじ引きの悪夢を思い出し、がっくりうなだれる。
　すると、ため息まじりにぼそっとつぶやく湊の声が降ってきた。
「心配で気が気じゃないよ、こっちは」
「え？」
「あっという間に、犬みたいに懐くから」
「い、犬っ？」
　突然なに!?
　っていうか、湊さん、どうしてふてくされてるの？
　湊の感情の変化についていけず混乱していると、不意に湊がくいっと私の腰を引き寄せた。
　息をのむほど整った湊の顔が、遠慮なく迫る。
「このかわいさ知ってるの、俺だけでいいのに」
「……っ」

至近距離から甘い言葉をぶつけられ、どうしようもなく心臓を揺さぶられた、その時。
　いい雰囲気を遮断するように、湊のブレザーのポケットの中で、ブブブとスマホが揺れた。
　スマホを取り出し、通知を確認した湊がつぶやく。
「あ、城ヶ崎」
「えっ」
　聞き捨てならない単語に、私もディスプレイを覗くと、そこには城ヶ崎さんからのメッセージが表示されていた。

《湊くんと同じグループになれて嬉しかったな》

「ちょっと、なに連絡先交換してるの」
　あまりにストレートに好意を示すような文面に、思わず湊をジト目で見ると。
「グループ行動でなにかあった時のために、全員で交換した」
　他意はないというふうに冷静に答えられ、思わず言葉を詰まらせる。
　うっ、それなら仕方ない……。
　と、またブブブとスマホが揺れて。

《今、社会科資料室に来てるんだけど、先生から頼まれた資料がひとりじゃ運びきれなくて。湊くん、来てくれないかな。こんなこと頼めるの、湊くんしかいないの》

城ヶ崎さんからのメッセージが、再び表示された。
「ったく、なんで俺に」
　文面に視線を走らせた湊が、煩わしげにつぶやく。
　……私は、なんて言うべきなんだろう。
　湊のことは信用してるけど、あきらかに湊に好意を寄せてる女子と、湊をふたりきりになんてさせたくない。
　だけど……湊を困らせるのもイヤだから……。
「行ってきてあげて、湊」
「え?」
　できるだけいつもどおりのトーンに持ち上げた私の声に反応して、湊が顔を上げる。
「困ってたらいけないし！　私のことは気にしないで！」
　本音を押し込んで笑顔を取り繕ってそう言うと、湊は目を伏せた。
「わかった。じゃあな」
「うんっ」
　湊が出ていき、また音楽室にひとりぼっちになる。
　と、途端に空気が抜けた風船みたいにしゅううんと落ち込み、その場に座り込む私。
　モヤモヤした気持ちはあるけど、いい彼女として振る舞えたかな……。
　城ヶ崎さんだって、本当に困っていたのかもしれないし、人助けだと思えば。
　そう自分に言い聞かせていた、その時。突然目の前のドアが開いた。

「——なに不安そうな顔してんの」
「え……？」
　頭上から降ってきた声に顔を上げると、そこには今さっき出ていったはずの湊が立っていて。
　思いがけない登場に、わけがわからず目を見張る。
「え？　城ヶ崎さんは……」
「まだ待たせてる」
　そう言うと、湊はしゃがみこみ、腕を伸ばして私の頬をぎゅっとつまんだ。
「は、はひふんほ！」
　突然戻ってきたと思ったら、なに……っ？
　すると、目をそらさせまいとでも言うようにまっすぐ私の目を見据え、湊が口を開く。
「変なこと考えてないで、俺のことだけ見てればいーんだよ」
「ふぇっ」
　核心を突かれて、ドキンと心臓が揺れる。
　私のこと、心配して戻ってきてくれたの……？
「言っとくけど、亜瑚しか見えてないから」
　不安になる隙もないくらい真剣な声音が、心強い。どんな言葉よりも、私のことを助けてくれる。
「うん……」
　こんなことを言ってもらえるなんて、私、幸せ者すぎるな……。
　涙を浮かべ、天使を拝むような目で湊を見上げたところ

で、湊がふっと笑った。
「ほっぺ潰してると、やっぱぶさいく」
「ひ、ひほーいっ！」
　頬を膨らませて怒る私に、湊は口の端をつり上げイタズラな笑みを浮かべると。
「行ってくるから、教室で待ってて」
　囁くようにそう言って、また音楽室を出ていった。
「……うううう」
　ひとりになった教室で、思わず湊への『好き』という感情を抑えきれずに膝を抱える。
　ずるい。完敗だ。
　……好きだなあ、好き。
　湊に触れるたび、恋する気持ちが上限なく募っていく。
　私はお弁当を持つと、ピンク色に染まった気持ちを胸に、教室へ戻った。

　そしていよいよ、修学旅行１週間前。
　グループ行動のスケジュールも決まり、修学旅行に行くという現実味が帯びてきた、ある日のこと。
「一緒に残ってあげられなくてごめんね」
「大丈夫！　お稽古、がんばってね！」
「ふふ、ありがとう」
　踊りの稽古で先に帰らなければならない玲奈のお見送りをした私は、席に座った。
　そして、いつの間にか誰もいなくなっていた教室で、ひ

とり机の中から学級日誌を出す。
　週番の仕事のひとつである日誌を書き終えないと、帰れない。
　ええっと、今日のHRは修学旅行の事前説明会で、数学は二次関数で……。
　一日を振り返り、授業内容の欄を記入していると。
「来栖！」
　不意に名前を呼ばれて、日誌を書く手を止めて声が聞こえてきた方に顔を向ける。
「あ、夾くん！」
　教室の入口から入ってきたのは、夾くんだった。
「あれ？　部活は？」
　きょとん首をかしげると、夾くんの表情が緩んだ。
「今日は休み。水曜だから」
「毎週水曜は休みなの？」
「そうだよ」
　たしかに、グラウンドからいつも聞こえるサッカー部のかけ声が、今日は聞こえないかも。
「来栖は、週番の仕事？」
「うん！　なかなか書き終わらなくて……」
　開いた日誌の白さに、あははと苦笑する。
　休み時間にちょこちょこ書いておけばよかったんだけど、つい玲奈と話し込んでしまった。
　すると、夾くんが前の椅子を引き、こちらに体を向けて座った。

「俺も付き合っていい？」
「もちろん！」
　乗り出すように肘をつき、日誌を覗き込んだ夾くんが、関心したような声をもらす。
「へー、来栖って字が綺麗なんだな」
「えっ、そう？」
「女子って感じ」
「え～！　初めて言われたかも……！」
　思いがけないおだてに照れて頭をかいていると、夾くんが視線をあげ、柔らかく微笑んだ。
「俺、好きだな。来栖の字」
「へへ、ありがとう」
　これからはプロフィール帳とかの特技の欄に『字を書くこと』なんて書いちゃおうかしら、なんて調子に乗っていた私は、ふとあることに気づいた。
「あ、夾くん、ネクタイがずれちゃってる」
「え？」
　本人も気づいてなかったみたいだ。
　腕を伸ばし、ネクタイを直す。
「うん、これでよし」
　我ながら綺麗にできたかも。
　すると、一連の動作を見ていた夾くんが、意外そうに言う。
「慣れてるんだな」
「ま、まあね」

指摘されて、ぎくっと身を固める。
つい、癖みたいな感じで手を出してしまった。
『湊の制服のネクタイをたまに結んであげてるから』なんて、口が裂けても言えない。
ごまかすように視線を伏せた、その瞬間。不意に髪に手が触れた。
そして、顔の横にかかっていた髪をすくうように耳にかける。
「来栖の髪、綺麗だよな」
「え……」
　湊の声よりも低いそれが、耳朶を打つ。
　いつもの爽やかな雰囲気とは違う夾くんの様子に、ドキンと心臓が揺れて動揺する。
「と、トリートメントしっかりやってるから！」
　とっさに空気を変えるように、おどけたふうに言ってしまった。
　すると、夾くんの表情が崩れ、いつもの雰囲気を纏う。
「それなら俺も」
「夾くんもトリートメントするの？」
「あ、今ばかにしただろ〜？」
「してないしてない！」
　そんなふうに笑い合っていると突然、ポケットの中でスマホが揺れた。
「もしもし」
『俺』

スマホの向こうから聞こえてきた聞き慣れた声に、思わず目を見張る。
「えっ……！」
　み、湊……！？
「いきなりどうしたのっ？」
『仕事熱心な亜瑚をいたわってやろうかなと思って』
「え？」
『左見て』
　そっと視線を走らせれば、夾くんの死角になる方向——中庭を挟んで反対側の校舎に、窓枠に頬杖をつき、スマホを耳に当てる湊の姿を見つけた。
　私の様子を伺っていた夾くんが『佐倉さん？』と小声で聞いてくる。
　私は首がもげそうなほど頷いた。
「そ、そう、玲奈玲奈！」
　都合よく誤解してくれた夾くんに、全力で乗っかる。
　湊からだなんて、絶対に言えない。
　夾くんにバレないよう、ちらりとまた視線をやれば、焦る私にくすくす笑ってる湊。
『亜瑚、俺のこと好き？』
「うっ、だ、大好きだよ、玲奈！」
　湊め〜！　私が夾くんと一緒にいるのわかってて、わざと……！　完全に私で遊んでる〜っ！
『今日の夕食はなに？』
「あっ、明日のお弁当は、おこわを持ってくる予定だよ！」

『帰ったらたっぷりいちゃいちゃしよ』
「えっ、あ、う、うん！　これからも仲よくしてねっ」
『はは』
「じゃあねっ」
　もう手遅れかもしれないけど、これ以上ぼろを出す前にと慌てて通話を切る。
　すると、なりゆきを見ていた夾くんが驚いたように言う。
「佐伯とおもしろい電話するんだね」
「なんかお稽古で疲れちゃったみたい？」
　あははと、ごまかすように苦笑する。
　ごめんね、玲奈……！　玲奈が変人みたいになってしまった……！
　心の中で全力で謝罪しつつ、話を切り替えるようにペンを持つ。
「さ、日誌書こ！」
　そして日誌を書きながら、不意に思う。
　どうして湊、電話なんてかけてきたんだろう。
　ふと、少し前に湊に言われた言葉が頭の中でこだまする。
『このかわいさ知ってるの、俺だけでいいのに』
　もしかして、私が夾くんといるところを見て、ヤキモチやいたとか……？
　なんとなく声というか言葉の端々に、独占欲を感じた気がしなくも……ない。
　答えを問うように、視線をちらりとあげれば、さっきいた場所に湊の姿はもうなくて。

……さすがにそれは自惚れすぎか、と思いなおす。
　湊、ヤキモチなんて滅多にやかないだろうし。
「よし、書き終わった！」
　いろいろ回り道したものの、ようやく日誌が埋まった。
「お疲れ、来栖」
「付き合ってくれてありがと！」
「俺がそうしたかっただけだし」
「優しいね、夾くんは。じゃあ私、職員室に提出して帰るね！」
　そう言って、日誌とスクールバックを持って立ち上がる。
　すると、同じく立ち上がった夾くん。
「送ろうか？」
「へへ、ありがとう。でもまだ明るいし、平気！」
「そっか」
「じゃあ、お疲れ」
　夾くんにお別れを言って、その場を立ち去ろうとした時。
　突然、ぐいっと手を引かれた。そしてその強い力で体の向きが変わり、正面に夾くんが迫ってきて──。
「夾、くん？」
「あのさ、来栖は誰のこと見てるんだよ」
　ぼそっと、低い声で夾くんがつぶやいた。
　でもその押し込められたような声を、私は拾い取ることができなくて。
　思わず「え？」と聞き返すと。
「ごめん、やっぱりなんでもない。修学旅行で話す」

顔を上げた夾くんは、いつもの笑顔を浮かべていた。
　その笑顔に安心し、私も笑顔を返す。
「わかった！　修学旅行ではよろしくね！」
　この時の私は、夾くんが笑顔の裏に隠した本心を知る由もなくて。
　彼が言う修学旅行は、もうすぐそこまで迫っていた。

「亜瑚、タオル持った？」
「あ！　忘れてた！　ありがとう、湊〜」
　湊が持ってきてくれたタオルを、私はボストンバッグに無理やり作った隙間に詰め込んだ。
　いよいよ、今日から修学旅行だ。
「まぁ、忘れ物があったら、俺に連絡して。タイミング見て、助けるから」
「ありがとう」
　すでに支度を終え、私の部屋のドアにもたれるように立つ湊に、私は振り返って笑顔を返す。
　そして、ぎゅうぎゅうに詰め込んだボストンバックのチャックを閉め、立ち上がった。
「さ。最終確認もすんだし、そろそろ行く？」
　伸びをして、湊の方を振り返ろうとした、その時。
「──待って」
　突然うしろからぎゅうっと抱きすくめられる。
「わ、湊……っ」
「あんまりくっつけなくなるから、今のうちに補充」

耳元でそう囁くのは、きゅんとしないでいられるはずのない甘い声音。
「……っ」
　相変わらず、湊にはドキドキと翻弄されることばかりで。
「こんなに離れなきゃいけないのは久々だね」
　体の前に回される湊の手の甲をそっとなでる。
「すぐそばにいるのに触れられないのが、一番しんどい」
「湊……」
　好きな人と、同じ気持ちでいられるなんて、身に余るくらい幸せだ。
　あふれそうになる幸せを噛みしめた私は、得意げな笑みをこらえきれないままささやく。
「そういうこともあろうかと、実はね、これ用意してみたの」
「ん？」
　腕を解かれ、私はポケットにしまっていた小さな包みを取り出した。
　そして湊が見えるように包装を開封すれば、そこには、ネックレスのチェーンが２本。
「婚約指輪、ネックレスにしておけば、なんとなくおたがいを近くに感じない？」
　いつもは布で包んで、ポケットの中に忍ばせているけれど、ネックレスにすれば誰にも見つからず身につけられるだろうと考えたのだ。制服に隠れるよう、長めのチェーンを選んだ。
　湊がチェーンを受け取りつつ、目を細めて微笑む。

「俺のこと、よくわかってるよね、亜瑚は」
「未来の妻ですから」
　ニコッと笑って返せば、後頭部に回った手に引き寄せられ、頭にそっとキスが降ってくる。
「……っ」
「よくできた亜瑚にご褒美」
　唇を離した湊に、睫毛が触れ合いそうな距離で涼やかに微笑まれ、私の心臓は爆発寸前。
　せっかく私が湊をドキドキさせようとしたのに、結局私は湊に敵わない。

　高校の中庭には大きなバスが停まり、荷物を抱えた同級生たちがざわざわとあちらこちらで雑談している。
「亜瑚ー！」
　先に到着していた玲奈が、片手を大きく振って呼んでいる。
　その姿を見つけた私は一目散にそこへ駆けた。
「ごめん、お待たせ！」
「大丈夫よ。それより亜瑚、バスは自由席らしいから一緒に乗らない？」
「乗る乗る！」
　何時間もあるバス移動を、玲奈の隣で過ごせるなんて！
　嬉しすぎるお誘いに、間を置かずに即答する私。
　と、その時。
「おはよう、来栖！」

突然、はつらつとした声が私の名を呼んだ。

声がした方を振り向けば、すらりとした体格に、白い歯を見せて笑う『爽やか』という言葉を体現したかのような黒髪の彼がこちらへ駆け寄ってきていた。

「おはよう、夾くん！」

男子とはあまり接点がない私だけど、優しい夾くんにはだいぶ気を許すようになっていた。湊とも玲奈とも同じ班になれなかったけど、夾くんと一緒だったことは救いだ。

「今日からよろしくな！　一緒に楽しもう」

きらっと光る白い歯を覗かせて笑う夾くんは、シトラスの香りを放っていそうなほど爽やかで。

眩しい笑顔を向けられた私は、サッカー部の追っかけ女子がいるのも無理はないなと、心の中でそう思った。

全員が揃い、ついに出発したバスの中は、すごい盛り上がりようだ。あちこちではしゃいだ声が飛び交っている。

私も隣の玲奈と、持ってきたお菓子を交換し合う。玲奈が持ってきたのは、梅昆布やお煎餅など渋めのものばかりで、玲奈らしさ全開だ。

私も昨日、マンションから少し離れたスーパーで湊と一緒に調達してきた。私はお菓子の上限額ぎりぎりまで買ったけど、甘いものにあまり興味を示さない湊は、ガムしか買ってなかった。

湊は楽しんでいるかなと、おそろいにしたくて買ったガムを見つめながら、そんなことを考えた時。

「私、湊くんと同じ班なの」
　背後から聞こえてきた声の中に、聞き慣れた単語を拾い取った。声はどうやら、うしろのシートに座る女子のものらしかった。
　もしかして……この声、城ヶ崎さんじゃ……。
　盗み聞きはいけないと思いつつも、ついグミを食べる手を止めて、聞き耳をたててしまう。
「え、やば！　うらやましすぎるんだけど……！」
「湊くんの浮いた話って全然聞かないけど、彼女いるのかな」
「いないって噂だよ」
　いますよ、ここに婚約者が……！
　思わず心の中で手を挙げるけど、ふたりに伝わるわけがなく。
「それなら、本気でいっちゃおうかな」
「いっちゃいなよ！　２日間、ずっと一緒なんでしょ？　あんたかわいいんだし、ぐいぐい押せば……！」
　うしろから聞こえてくる不穏すぎる会話に、顔を引きつらせる。
　……でも、大丈夫。湊は私を好きって言ってくれてるんだから。
　制服の下のネックレスにそっと触れて、胸いっぱいに広がりそうになるモヤモヤを心の奥へ押し込んだ。
　新幹線に乗り継ぎ、いよいよ京都に到着した。
　１日目の今日は、クラス行動。クラスのみんなと、寺院

を巡る。
　その中でも、ひときわ目立つ女子の集団。——中心にいるのは湊だ。みんな湊の隣のポジションを狙いながら歩いているため、集団は大きくなるばかり。
　もうすっかり見慣れた光景ではあるものの、普段の学校生活とはやはり訳が違う。一緒に修学旅行を回りたい気持ちは、私だって同じ。
「湊くん、これが終わったら一緒にソフトクリーム食べようよ！」
「悪いけど、俺甘いの無理」
「きゃー！　カッコいい〜っ」
　どうしてだかわからないタイミングで歓声が上がる。
　私もちゃっかり混ざりたいけど、これは近づくことさえ無理っぽい。
　くそー！　絶対、いつかまた湊とふたりきりで来るんだから……！　そう自分に言い聞かせ、私はぐぎぎと唇を噛んだ。

「玲奈、お土産見てこない？」
「そうね、そうしましょうか」
　自由時間になると、お寺を見終えた私は玲奈を誘い、お土産ショップへ行くことにした。
　お寺から離れた出口付近にあるお土産屋ショップは、まだあまり人がいない。
　店内では、小さなお寺の模型や箱入り菓子が売られてい

た。
　両親へのお土産におまんじゅうを買い、同じく家族へのお土産を購入した玲奈とショップを出る。
「美味しそうなお土産たくさんあって、すごい迷っちゃった」
「ふふ、ご両親へのお土産なのに、よだれが垂れそうな顔で吟味していたものね。私は拓也から寺の模型を頼まれてたから、無事に買えてよかったわ」
「え、拓ちゃん、お寺の模型リクエストしたの？」
「そうなの。私も拓也の趣味がわからないのよね」
　顎に手を当て、弟の好きなものについて真剣に考えている様子のお姉ちゃん。
　でも、なんだかんだ言ってちゃんと買ってあげるんだもんな、玲奈は。
　相変わらず仲のいいふたりに思わずくすりとした、その時。私は、向こうからこちらへ歩いてくる男子の集団に気づいた。
　その中には、やっと女子から解放されたらしい湊の姿もあって。
　湊にだけ色がついてるかのように、どれだけ大勢の中にいても一瞬で見つけてしまう。
　不自然に湊を見つめてしまわないようにうつむきがちに歩いていると、すぐそこまで男子たちが迫ってくる。
　すると、すれちがいざま、一番端を歩いていた湊がさりげなく小指を絡めてきた。

「……っ」
 誰にも気づかれないくらい、一瞬の出来事。湊はもう、何事もなかったかのように男子たちと談笑しながら歩いている。
 でも、瞬間的に満たされてしまう私の心。
 どこにいても、湊の心の中には自分がいるって、そう思える。
 ちらっとさりげなく振り返れば、お土産ショップで仏像のかぶり物をした友達を見て笑っている湊がいて。
 同級生の男子といる時にたまに見せるあどけない笑顔に、またまたきゅんとしてしまう。
 湊のこんな面が見られるのも、クラスメイトだから。時に近いからこそ苦しくなることもあるけど、同じ学校のクラスメイトであることに、やっぱり感謝せずにはいられない。

 暗くなってきた頃、2日間宿泊するホテルに到着した。
 私たちのクラスは早く到着してしまったらしく、ロビーで、まだ来ない他のクラスを待つ。
 ホテルのロビーはとても広く、天井からは豪勢なシャンデリアがぶら下がっている。授業中に配布された資料にあった写真を見ると、4人部屋の客室もとても綺麗そうだった。
 グループ編制とは違い、部屋割りは希望を出すことができたから、玲奈と同じ部屋になることができた。

「今夜は夜更かしするの？」
「もちろんっ」
　綺麗なホテルに高揚しながら玲奈と談笑していると「来栖！」と私の名前を呼ぶ声があった。
　声がした方を辿って振り返れば、背後に夾くんが立っていた。
「あ、夾くん！　お疲れ〜！」
「お疲れ。なぁ、見てよ。さっき、変なお土産見つけて、つい買っちゃった」
　そう言って、夾くんがポケットから取り出したのは、へんてこなキャラクターの置物。
「ふふ、なんか妙な趣があるね」
「だよな？　目が合ったら、置いていけなくなっちゃってさ」
　その気持ち、なんとなくわかるかも。目が合うと、離せなくなる感じ。
　夜、暗いところで目が合ったら怖いなあ、なんてそんなことを思った、その時。
「──来栖」
　喧騒(けんそう)を遮るように、すっと耳に飛び込んできた声。
　思わずはっと息を詰める。
「如月くん……っ」
　夾くんの肩越しに、湊の姿を見つけた。
　こちらに歩いてくるその顔には、よそ行き用の作り笑顔が貼りつけられていて。

「これ、バスの中に置いてあったけど、来栖の？　名前入りのキーホルダー付いてたから」

　そう言って差し出されたのは、目薬やコームなどをしまっている愛用のポーチ。

「あ、そう……！　ありがとう、如月くん！」

　湊を見上げると、つい頬がゆるゆるになってしまう。

「いーえ」

　湊はそう言って、見逃してしまいそうなほどほんの一瞬、唇に笑みを乗せると、踵を返して行ってしまった。

「よかったわね、亜瑚」

「うん、ほんとに」

　話せたことが嬉しくてぎゅっとポーチを胸に抱きしめた時、ポーチの中でなにかが、カサ、とこすり合うような音をわずかに感じた。

　もしかして、と漠然とした予感が頭をよぎる。

「ごめん、ちょっとトイレ行ってくるね」

「ええ」

　玲奈と夾くんにひと言断って、ポーチを抱きしめたままトイレへ駆ける。

　多分、舞い上がっていたから。だから気づけなかった。夾くんの表情がずっと曇っていたことに──。

　近くにあったトイレの個室に駆け込んでポーチの中を確認すると、やっぱりルーズリーフの切れ端が入っていて。

　そこには湊の無駄な癖がない整った字で『寝る前、ホテ

ルの裏で待ってる』と書いてあった。
　これは……逢引(あいびき)というやつでは……！
　思いがけないメッセージにすっかり舞い上がった私は、玲奈にだけそのことを伝え、夕食とお風呂をすませると、誰にも見つからないようこっそりホテルを忍び出た。
　外はもう、漆黒に染まっていた。この暗闇の中なら、男女ふたりが逢引していても気づく人はいないだろう。
　ここに来るまでの道すがら湊の姿は見当たらなかったけど、もう来ているのだろうか。
　夜になると途端に冷え込む。刺すような冷たい風に体を縮こませながら、湊を探してキョロキョロホテルの周りを壁に沿って歩いていると、角を曲がったところで、突然どこかから伸びてきた手に腕を掴まれ。そして反応する間もなく、あっという間に抱きすくめられていた。
「……わっ」
　私を包む、この甘い香りは。
「待ちくたびれた」
　湊だ。
　耳元で奏でられるのは、夕方私に話しかけてきた時のそれとは違う、素の声。
「ふふ、苦しいよ〜」
「……修学旅行中は我慢しようって思ってたんだけど」
「え？」
「近くにいるのに見てることしかできないの、想像以上にきつかった」

溜め込んだものがあふれるように吐露される湊の本音に、体の芯から発火したように熱がこもる。
「湊……」
「今だけひとりじめさせて」
　切実な声音に、トクンと心臓が揺れ、鼓動がどうしようもなく乱されてしまう。
　ああ、やっぱり。私をこんなにドキドキさせるのは、湊だけだ……。
　私は、湊の背中に腕を回し、湊がしてくれてるのと同じくらいの強さで抱きしめ返した。
「私も。何度も、湊に触れたいって思ってた。すごいね、以心伝心」
「婚約者だから」
　そっと体を離し、彼の腕に囲まれたまま湊の両頬に手を添えると、白い頬はひどく冷えきっていて。
　それだけで、湊がどれほどこの冷たい風にさらされていたかわかる。お風呂をもっと早くすませればよかった。
「寒い中待っててくれたんだね。こんなに冷えてる……。あ！　私、カイロ持ってるよ」
「平気。カイロよりこっちの方がいいし」
　そう言って、カイロを探そうとした私の手を掴んだかと思うと、握った自分の手ごとズボンのポケットにしまう。
　風が遮断された上に湊の手に包まれて、ぬくぬくだ。
「そういえば、さっき、移動中に教会見かけた」
「へー！　素敵だね」

「俺たちも、卒業したら結婚式挙げよ。亜瑚の大切な人たち呼んで、俺の親父と祐馬も呼んで」
「そうだね！　湊のタキシード姿なんて、想像しただけで鼻血出そうだけど」
「なにそれ」
　眉を下げ、あどけなく苦笑する湊。
「だって絶対カッコいいもん〜！」
　どう転がったってカッコよくないはずがない湊のタキシード姿を妄想して、きゅんきゅん胸をときめかせていると。
「練習、してみる？」
　湊が小さく首をかしげて、こそっと聞いてくる。
「うんっ！」
「なんて言うんだっけ、ほら、あの誓いの言葉みたいなやつ」
「病める時も、健やかなる時も？」
「あー、それそれ」
　そう言って、湊が宝石みたいにきらめく瞳の中に、私を閉じこめる。
「来栖亜瑚さん。あなたは、病める時も健やかなる時も夫を愛することを誓いますか？」
　そんなの、答えはひとつしかない。
「全力で誓わせていただきます……！」
　力強く答えると、結婚式の厳かな雰囲気とはかけ離れた情緒のなさに、ふっと空気が緩んでおたがいから笑みがこぼれる。

くすくす笑っていると、湊の手のひらが、慈しむように私の両頬を包み込んだ。
　そっと上を向けさせられれば、綺麗な微笑を浮かべる湊の瞳に吸い込まれそうになって、笑みが止まる。
　しんとした静寂の中、鼓動だけが甘く高鳴って騒がしい。
　湊が笑みを含んだまま額に額をくっつけて、そして――すくうように私の唇を奪った。
　こんな甘やかすようなキス、ずるい。
　唇が離れると、顔が赤らんでいるのを自覚しながら、呼吸もままならないまま抗議する。
「……っ、甘いよ、甘すぎるよ。湊……」
「そう？」
　イタズラっぽく笑う湊。
　……うう、やっぱりずるい。
「これ以上は止まらなくなりそうだから、今日はここまで。そろそろ戻らないとな」
「うん」
　さみしいけど、仕方ない。
　名残惜しさに視線を落としていると、ぽんと頭に手を置き、湊が腰を曲げて私と視線の高さを合わせてくる。
「ほんと、亜瑚は隙が多いから心配なんだけど」
「そう、かな」
　その時、一際強く風が吹いた。
「俺が、妬いてないと思ってる？」
　ぽそっとつぶやかれた湊の声が、乱暴な風の音にかき消

される。
「え?」と聞き返そうと顔を上げると、湊が真剣な瞳で私を見下ろしていて。
「あいつには気をつけなよ」
「あいつ?」
その時、私の問いを打ち破るように、人の声が聞こえてきた。男女の声だろうか、こちらに向かってきている。
「誰か来た!」
こんなところを見つかったら、完全にアウトだ。
予期せぬ事態に体を強張らせていると、壁の影から様子を窺いながら、湊が冷静に指示を出す。
「こっちに来ないように引きつけておくから、亜瑚はタイミング見て出てきて」
「わかった……!」
「じゃ、また明日な」
そう言い残して、湊が行ってしまう。
ひとり取り残された私は、その場にしゃがみ込み、膝を抱えた。
まだドキドキと鼓動が騒がしい。こんなに満たされていいのかな……。
頬に手を当て、なかなか引かない熱を持て余した。

翌日はグループ行動になり、授業で事前に決めていた観光名所を巡る。
でも私は、女子ふたりの、すでにできあがっている輪に

なんとなく入れないまま。
　紅葉が鮮やかな境内を散策しながら、私は数歩遅れてふたりについていく。
　玲奈がいてくれたら、と思ってしまうけど、どんなに願っても玲奈が空から降ってきてくれることはない。ここは私から歩み寄らないと……！
『今日のお昼ご飯楽しみだね！』『やっぱり京都に来たんだから抹茶パフェは食べたいよね！』……うん、これでいこう。
　ふたりに話しかける、コミュニケーション能力高めの自分を脳内でシミュレーションして、いざ声をかけようとした、その時。
「来栖、昨日はよく眠れた？」
　夾くんが、ひょこっとうしろから顔を覗かせた。
「夾くん……！」
　もしかして、私がひとりでいることを気遣って声をかけてくれたのだろうか。
　相変わらず、なんていい人なんだろう……！
　元々高かった夾くん信頼ゲージが、さらにグンと上がる。
「うん！　ベッドがすごいふかふかで、プリンセス気分だった〜！」
「はは、それはよかった。なぁ、このあとの自由時間、ちょっと俺にくれない？」
　胸の前で手を組み昨日のベッドの心地よさの余韻に浸っていると、とびきりの笑顔で夾くんがそう聞いてきた。

ひととおり境内をグループ全員で見終えたあと、お土産を買ったりお手洗いに行ったりするための自由時間が設けてある。
　女子ふたりに話しかけようとしてたけど、それは自由時間のあとでもいいか。夾くんがこうしてせっかく誘ってくれたのだから。
「もちろん、いいよ！」
　快諾(かいだく)すると、夾くんが嬉しそうに目を細めてくれたから、私もつられて嬉しくなってしまった。

　そして自由時間。
　みんなに見つからないようにとこっそりつれてこられたのは、屋外トイレの裏側だった。
　てっきり甘味処なんかにでも行って自由時間を満喫するものだと思っていたから、なにもないような場所に来たのは予想外だった。
　それとも、ここでなにか特別な体験ができるとか？
「こんなところでどうしたの？」
　さっきからずっと黙ってこちらを見ない夾くんの背中に問いかける。すると。
「来栖」
　夾くんが振り返りざま、スマホの液晶画面をこちらに向けてきた。
「ん？」
「これ、どういうこと？」

提示された画面いっぱいに写る写真を見つめた私は、その被写体を把握した途端、目を見開いていた。
　背筋に氷水を流し込まれたかのような悪寒が走り、ドクドクと音を立てて体中の動脈が勢いよく脈を打つ。
「どうして、こんな写真……」
　頭が真っ白になったまま、動揺に染まった声だけがもれる。
　そこに写っていたのは、私と湊。スーパーの袋を持ち、楽しそうに談笑しながら歩いている。
　それは、修学旅行前日の夜、ふたりで買い物に行った時に撮られたものらしかった。
　写真を見つめたまま絶句していると、声が降ってきた。
　それは色のない——夾くんの声。
「俺、来栖のことが好きだ」
「え？」
　はっとして顔を上げると、夾くんが光を感じさせない目で私を見下ろしていて。
　こんな夾くん、見たことない……。
「だから如月と別れて」
　抑揚のない低い声で放たれたのは、耳を疑うような一方的な言い分。
　そんなの、と反射的に返そうとしたのに、一瞬恐怖からか喉が締めつけられたかのような感覚に陥って。やっとのことで震える声を振り絞る。
「そんなの無理……っ。私は湊のことが好きなの」

婚約解消なんて、そんなこと考えられない。
「じゃあ──」
　突然、不意をつくように腕を引かれた。
　はっとした時には、もう遅かった。強い力で引き寄せられ、強引に唇を押し当てられていて。
「……っ」
　キ、ス……？　湊以外の人と……。
　状況を理解した途端、体中から一瞬にして熱が引き──バッと持てる力で厚い胸を押し返す。
　今、この人、私に……っ。
「最っ低……！」
　唇を手の甲でごしごし拭いながら、ありったけの憎悪を込めて睨みつける。
　だけど、夾くんの表情から余裕の色は消えなかった。
「最低なのはどっちだろうな。如月がいながら、俺とキスするなんて」
「それはっ」
「俺が言ってやってもいいんだぜ？　来栖とキスしたって。如月はどう思うだろうな」
「……っ」
　湊が、知ったら……。
　言葉をなくす私に、追い打ちをかけるように夾くんが冷酷な声を放つ。
「俺からバラされたくなかったから、自分で言えよ」
「え……？」

掠れた声がこぼれたきり絶句して、返す言葉も見つからない。
　キスされたことを、湊に……？
　どんなに時間を巻き戻したいと願っても、キスをしたという事実は変わってくれない。
　満足そうに見下ろしてくる視線を感じながら、私は途方もないほど深い深い穴の中に突き落とされたような感覚に陥った。

『このことは誰にも言うなよ』
　そう念を押され、私は重い足取りで夾くんとともにグループに合流した。
　自由時間が終われば、ここでの用事も完了し、次の目的地に移動することになる。
　ちょうどよくやってきたバスにグループみんなで乗り込み、空いていた席に座ったところでスマホがメッセージを着信していることに気づいた。
　夾くんが他の男子と話しているのを横目で確認し、メッセージのアプリを起動させると、それは案の定、湊からで。

《見て。虹がかかってた》

　湊らしいシンプルなメッセージとともに、青空にかかる虹の写真が添付されている。
　いつもは絵文字いっぱいで返すけど、今は『綺麗だね』

のひと言すら打つのが心苦しい。
　どんな思いでこの写真を撮ってくれたのだろう。湊はこうして、私の存在をいつも心の中に置いてくれている。それなのに……。
『最低なのはどっちだろうな。如月がいながら、俺とキスするなんて』
　さっきの夾くんの声が、こびりついたように頭から離れない。
　湊はどう思うだろう。婚約のことがバレてしまった上に、私がキスされたなんて知ったら。
　あんなにたくさん愛してくれたのに。
　捨てられることにトラウマを持っている湊に対して、こんなのあまりにも残酷な仕打ちだ。
　婚約破棄しようって、そう言われちゃうのかな……。
　考えれば考えるほど胸が痛んで、私は制服の下の指輪をＹシャツごと握りしめた。

　ホテルに戻り、学年全員が揃う夕食の時間。
　夕食はバイキング形式になっており、私も玲奈とトレーを持って取りにいく。
　お味噌汁が飲みたいという玲奈について歩いていた、その時、向こうから歩いてくる人の姿に視線と思考が独占された。
　――湊だ。湊が祐馬くんとこちらに向かって歩いてきていた。

祐馬くんと話していた湊が、私の視線に気づいたように、ふとこちらに顔を向ける。
　無防備だった私の瞳と一瞬視線が交わってしまい、すぐにその視線から逃れるように、ばっとうつむく。
　……今の、絶対不自然だった。
「如月くん、亜瑚のこと見てたわ」
　湊とすれ違ってから、玲奈がこっそり耳打ちで教えてくれるけど、私は「うん……」とぎこちない返事しか返せない。
「亜瑚？」
　私の異変に気づいたのか、玲奈の声が不安げに揺れる。
「ごめん、私あっちの方見てくるね……！」
　これ以上一緒にいたら心の中を見透かされてしまいそうで、でも玲奈は巻き込みたくなくて、私はとっさに笑顔を取り繕ってその場を逃げ出した。
　だめだ、湊の顔、見られない……。
　罪悪感が、心をじわじわと浸食していく。
　玲奈から離れ、食堂の端で足を止めた時、スカートのポケットの中でスマホが揺れてメッセージの着信を知らせた。
　湊からかと緊張してディスプレイに視線を落とせば、それは夾くんからだった。

《夕食後、如月を呼び出して、俺と浮気したこと伝えて》

「……っ」
　画面に並ぶ言葉が、鋭利な刃物になったように私の心を容赦なく刺してくる。
　イヤだ、けどこの指示に逆らったらどうなるか——。
　もしかしたら、婚約のことをみんなにバラされるかも。
　元々、結婚したら退学させられるような学校だ。先生にまで噂が回ったら、退学とまでいかなくても、休学とかなにかしらの処分を受ける可能性もある。
　下手すれば、それで私だけじゃなく湊まで処分を受けることになるかもしれない。それだけは絶対にダメだ。
　湊に被害が及ぶくらいなら、私が湊に嫌われるだけの方が……。
　一瞬ためらったけど、湊を思えば選択肢はひとつだけだった。痛みと苦しさでないまぜになる感情を抑え込んで、湊に宛てて文字を打つ。

《9時になったら、昨日と同じ場所に来て》

　同室のみんなが大浴場に行く時間を指定し、スマホのスイッチを切る。
　暗くなった画面には、情けないほど今にも泣きだしそうな自分の顔が映っていた。

　そして、9時。約束の時間より数分早く、ホテルの裏の指定した場所に湊が現れた。

「どうしたんだよ、呼び出しなんて」
　……ついに、この時が来てしまった。そんな絶望感を抱きながら、私は答える。
「湊に話さなきゃいけないことがあって」
　震えそうになる声を、いつもどおりのトーンに持ち上げるのに必死で。
　どうしよう。湊の顔が全然見られない。
「話したいこと？」
　答えることができず、ぎゅっとこぶしを握りしめてうつむいていると、足音が遠慮なく迫ってくる。
「今日の亜瑚、おかしくない？」
　不意に、暗闇に慣れてきた視界の隅に、こちらに向かって伸ばされる湊の腕が映り込んだ。
「……っ」
　腕を掴まれそうになって、思わず反射的にその手を振り払う。
　パシッと乾いた音が響いた。
「亜瑚？」
「ごめん……」
　痛い沈黙が私たちを包み込んだ、その時。
「ちゃんと言わないとダメだろ、来栖」
　そんな空気を打ち破るように、私たちのものではない声が聞こえてきた。
　その声に、反射的にびくっと肩が強張る。
　私の背後から姿を現した夾くんに、湊が眉間にシワを寄

せた。
「高城……」
　夾くんが、まるで湊に見せつけるかのように、無遠慮に私の肩を抱き寄せる。だけどそれを振り払うことができなくて。
「来栖の唇、柔らかいのな」
「──は？」
「今日、キスした。そうだよな、来栖」
　そう問われ、否定したいけどできない私はうつむき押し黙る。
　沈黙は、肯定を示していた。
　そんな私を見下ろしていた夾くんが湊に顔を向けたのが、気配でわかった。
「そういうことだから。別れろよ、如月」
　もう、ダメだ……。
　湊の声でつむがれる別れの言葉を予感して、ぎゅっと目をつむったその時、不意に私の肩に回っていた夾くんの手が離れて──。
「──キスした？　それがなんだよ」
　続けて聞こえてきた、押し込めたような声に反射的に顔を上げると、湊が夾くんの腕を捻りあげていた。
「……っ、湊……」
「なっ、なにするんだよ……っ」
　湊が夾くんの腕を捻りあげたまま、圧をかけるようにずいっと顔を寄せる。

「無理やりされたキスで幻滅するほど、亜瑚への気持ちは中途半端じゃないから」

　すっと通る声が、一瞬も躊躇うことなくそう言い放った。
　……どうして。どうして、無理やりキスされたなんてひと言も言ってないのに、信じてくれるの——？
「好きなら正々堂々と勝負しろよ。もう指一本こいつに触れるな」
「なんでお前にそんなこと……っ」
「こいつと付き合ってるのは、俺なんだよ」
　え……？　"付き合ってる"……？
「行くよ、亜瑚」
　目の前で繰り広げられる光景を、ただただ呆然と見つめていた私は、突然湊に腕を引かれ、その場を離れる。
「湊……」
　裏道を足早に進む湊は、こちらを振り返らない。
　やがて、ホテルの裏出口から続く林の中まで来ると、突然振り返ってキスをしてきた。
　噛みつくようなキスに、私は息をするのも絶え絶えで。
　やがて唇が離れると、一瞬でも離れるのが惜しいというように、強く強く抱きすくめられる。
「みな、と……」
「……幻滅なんてしてない。でも収まりがつかないくらいの嫉妬で、どうにかなりそう」
　耳元で吐き出される熱い呼気に、心がひどく揺さぶられる。

「……っ、ごめん……」
「あいつの匂いも感触も、俺に消させて」
　掠れた声でそう言うと、体が離れ、また唇を奪われる。
　こんなにも余裕がない湊は初めてで。
　ああ、頭も心も湊でいっぱいだ……。
　こんな時なのに、ひどく実感してしまう。自分が心から愛されていることを。
　名残惜しそうに唇を離し、私の両手を握ると、湊が怒ったような声音で言う。
「ほんと、亜瑚は隙がありすぎなんだよ」
「うん……」
　返す言葉もない。全部、自分の隙の甘さが招いてしまった事態だ。
「でもごめん。こうなる前に助けてやれなくて。あいつのこと、なんとなく胡散臭いと思ってたのに」
　湊の謝罪を、必死に否定するように首をぶんぶんと横に振る。湊が謝るようなことなんて、１ミリもない。
「嬉しかったんだよ、湊が信じてくれて。謝るのは私の方。湊を裏切るようなことはしちゃいけないって、私が一番知ってたはずなのに」
　すると、こつんと湊が額に額を当てる。
「亜瑚が俺を裏切るようなことはしないって、わかってるから。亜瑚のおかげで、トラウマを乗り越えられた」
「湊……」
　優しく言われて、心を支配していた恐怖心がぽろぽろと

崩れていく。
「あのね、私たちがふたりで歩いてたとこ、写真に撮られてた……」

涙声で打ち明ければ、返ってきたのは意外にも動揺に染まっていない、普通のトーンの声だった。
「付き合ってるって言えばよかったのに」
「え?」

そういえば、さっき夾くんに向かってそう言っていた。

きょとんとする私に、湊が顔を離してあきれたように言う。
「ほんと、亜瑚はばか正直すぎるよな。万が一に備えて、できるだけ関係を匂わせないようにしてたけど『婚約』じゃなくて『付き合ってる』って言っちゃえば、だいたいのことは言い訳できるのに」
「た、たしかに……!」

その手があったか……!

パニックで『婚約のことがバレた』と思い込んで焦ってしまったけど。ふたりで歩いているところを見ただけじゃ、夾くんも付き合ってるとしか思わないよね……。

そう思い直した途端にふっと体から力が抜け、湊の胸元によりかかるように額を預ける。

なにもかも失うことになるんだ、って不安でしかなかった。でも今、私が失ったものはなにひとつない。それは、私の婚約者がこんなにも頼もしい湊だったから。
「私が好きなのは、これからもずっと、湊だけだよ」

湊の胸元に顔を押し当てたまま、噛みしめるようにそっとつぶやけば。
「知ってる」
　また、額に優しいキスが落ちてきた。
　それからふたりでホテルに戻ると、タイミングが重なるように廊下の向こうから人が歩いてきた。
　その人物は、湊の姿を認めるなり、パタパタとスリッパの音を立ててこちらに駆けてくる。
「湊くん！」
「城ヶ崎」
　彼女は、城ヶ崎さんだった。
「実はね、一緒にふたりで抜け出したいなと思って、ずっと探してたの」
　頬を上気させて湊を見上げていた城ヶ崎さんは、こっそりと忍者のごとくその場から立ち去ろうとしていた私を目ざとく見つけた。
「あれ、来栖さんじゃない」
　ひぃぃっ！　見つかった……！
　廊下にはとっさに身を隠せるような場所もなく、私はできるだけ何事もなかったかのように装い、精いっぱいの作り笑顔を浮かべる。
「あ、えと、奇遇だね、城ヶ崎さん！」
「なんであなたが湊くんといるの？　用ならすんだでしょ？」
「う、うんっ！　ごゆっくり～……」

湊に向けるものより１オクターブ低い声から、さっさとあっちに行けという意思を感じ、その場から退散しようとした、その時。
「なんで逃げんの」
「えっ」
　突然、引き留めるように湊に腕をひかれた。
　そんなやりとりを見ていた城ヶ崎さんが、なにかを察したのか、笑顔を引きつらせ口だけを動かす。
「み、湊くん。湊くんと来栖さんって、いったいどういう関係なの……？」
「亜瑚は俺の彼女」
「ええぇ！」
「ちょっ、湊！」
　女子ふたりの混乱に染まった声が、廊下に響き渡る。
　夾くんに付き合っていると告げたのをきっかけに、湊が公の場でも家と同じ距離で私に接するようになったのは言うまでもない。

　翌日。あっという間に修学旅行最終日。
　京都から学校に無事に到着し、クラスメイトがそれぞれ帰宅し出したところで、夾くんが謝罪してきた。
　あのあと、湊にこっぴどくしめられたらしい。
「本当にごめん、来栖。でも来栖のことが本気で好きなんだ。初めて話した時の笑顔が忘れられなくて……」
　あらためてされた告白に、私は頭を下げた。

「ごめんなさい」
　顔を上げると、夾くんが眉を八の字にして私を見つめていて。
「私はたぶん、っていうか絶対、あの人以外好きになれない」
　これから先、どんな人と巡り会ったとしても、こんなにもドキドキして夢中になるのは、湊だけだ。
「そうか……」
　私は夾くんに笑顔を向けた。
「夾くん、モテるんだから、私より素敵な人が見つかるよ」
「来栖……」
　その時。
「亜瑚」
　耳に飛び込んできた、遠くから私の名前を呼ぶ愛しい声。
「じゃあ、私、行くね」
　そして私は彼の元へ走った。

誓いのキスを、君と

　いよいよ、いよいよ……！
「明日は結婚式、だ～っ！」
　リビングに掛けてある４月のカレンダーにペンで印をつけ、私は天井に向かって高くバンザイをした。
　婚約してから６年。ついに念願の日がやってくるのだ。
　入籍も、明日する予定。
「――あっという間だよね」
　不意にそんな声がすぐ近くから聞こえてきたかと思うと、いつの間にか背後に立っていた湊が、私の肩に顎を乗せてきた。
「ほんと……！　なんだか実感湧かないなあ。ドレス決めたのだって、つい最近な気がするし」
「馬子にも衣装だよな」
「あ！　ちょっと！」
「はは、じょーだん。似合ってたよ」
　……うう、ずるい。そんなことを言われたら、返す言葉も見つからなくなってしまう。
　湊のタキシード姿も、それはもう言葉も出ないくらいカッコよかった。あまりにカッコいいものを前にすると、騒ぐどころかぽかんと呆けてしまうということを初めて知ったっけ。
　湊のタキシード姿をうっとり思い浮かべていると、ふと

湊が体を離した。
「俺、今日行きたいところがあるんだよね」
　どちらかといえばインドアな湊が、自分からそんなことを言いだすなんて意外だ。
「珍しいね」
　振り返りながらそう返すと、湊は覚悟を決めたような静かな瞳で私を見つめていた。
「亜瑚も一緒に来てくれない？」
「え？」
「隣にいてくれたら、心強い」
　珍しく、湊がまっすぐに私を頼った。
　私が必要だと、まるでそう言ってくれているようで。そんな湊からのお願いを断るわけがない。
「もちろん。隣にいさせて？」
　迷うことなくそう告げれば、湊は安心したように微笑んだ。
「ありがと、亜瑚」

　湊に連れられやってきたのは、隣町にある墓地だった。
　少しだけためらいながら、でも確かな足取りで進んでいき、湊はある墓石の前で足を止めた。
「ここに、母さんが眠ってる」
「ここに……」
『如月家ノ墓』と彫られた、白く高い墓石を見つめる。
　祐馬くんと湊から話を聞くなかで、湊のお母さんには正

直、複雑な感情を抱いていた。湊の心にひどい傷を負わせた人だったから。
「実は今日、葬式以来初めて来たんだよね」
　墓石の前に片膝をつき、湊がそうもらした。
「そうなの？」
「割り切ったつもりではいたけど、ここに来る勇気はなかった」
「湊……」
「たくさんぶたれて、産まなきゃよかったって言われて、置き去りにされて、さんざんいろんなことされたけど、俺が母さんのこと壊しちゃったのかなって思うと、母さんの死に向き合うことが少し怖かった」
　ぽつりぽつりとさらけ出されていく湊の本心に、切なく胸が締めつけられる。
　そうやって、湊は何度自分を責めてきたんだろう。
　訪れた静寂の中、私は声をそっと風に乗せた。
「……湊はさ、トラウマはあるかもしれないけど、お母さんのこと憎んではいないよね」
「え？」
　滅多にないけど、お母さんのことを話す時、湊がお母さんのことを悪く言ったのを聞いたことがない。いつでも湊は、お母さんの孤独に、心の病気に、精いっぱい寄り添おうとしていた。
　私は、湊の隣にしゃがみこみ、墓石を見上げた。
「お母さんの気持ち全部はわからないけど、愛を求めてい

たお母さんだからこそ、小さい頃から憎まずにいてくれる湊には、救われてる部分もあるんじゃないかな」
　少なくとも私は、そう思う。
「……お義母さん」
　届いていますか？
「湊を産んでくれて、私に出会わせてくれて、ありがとうございました」
　許しきれない部分もあるけれど、やっぱり胸に湧き起こるのは感謝の気持ちなのだ。
　そうやって、墓石を――お義母さんを見上げていると。
「……ほんと、」
　不意に、隣からわずかに潤みを帯びた声が聞こえてきた。
「亜瑚はいつも俺の想像を超えてくるよな」
「え？」
「亜瑚と一緒なら、また一歩踏み出せる気がした」
　そう言ってお義母さんを見上げた湊の横顔は、晴れ晴れとしていて。
「今までも、これからも、俺の母親はあなただけだよ」
　穏やかに紡がれたその声は、風に優しく溶けていった。

　そして、翌日。空は目にしみるほどの快晴だ。
　そんな天候にも恵まれた今日、私たちはいよいよ結婚式を挙げる。
　先にウエディングドレスの着つけをすませた私は、スタッフの人にメイクとヘアスタイルを仕上げてもらってい

た。
　メイクや髪が整えられていくと、気持ちもさらに高まってくる。
　そして、鏡に映る私が、プロの手により花嫁姿へと変身した。
「あら〜、奥様、とっても素敵です」
　ひょこっと背後から顔を覗かせたヘアメイク担当のスタッフさんにおだてられ、私はつい頭をかく。
「えへ〜、そんな〜」
　と、その時、新婦控え室のドアが開いて、大好きな人たちが顔を覗かせた。
「亜瑚！」
「わぁ！　お父さんお母さん、玲奈、拓ちゃん！」
「亜瑚、すごく綺麗……！」
　スタッフさんと入れ違いになるように、白い着物に身を包んだ玲奈が、目を輝かせてこちらに駆け寄ってくる。
「ありがとう玲奈〜っ」
　きゃっきゃとはしゃいでいると、スーツ姿のお父さんと拓ちゃん、そして着物姿のお母さんもこちらへ歩いてくる。
「亜瑚、本当に綺麗になっちゃって……。そうだ、せっかくだし、玲奈ちゃんと拓ちゃんと亜瑚で写真撮ろうか」
「うん！」
「お願いします」
　お母さんの提案に、玲奈と拓ちゃんが私を両脇から挟む。
「じゃあ撮るよー。はい、ちーず」

かけ声に合わせて、パシャリとカメラが音を立てた。
「うん、よく撮れた。ばっちり」
　写真を確認したお母さんからのＯＫサインが出ると「ありがとうございます」とお礼をした玲奈と拓ちゃんが私に向き直った。
「亜瑚、あらためて結婚おめでとう」
「ありがとう、玲奈。玲奈にはたくさんお世話になったけど、これからも夫婦ともどもよろしくお願いします」
「こちらこそ！」
　あらたまっておじぎをしあっていると、拓ちゃんも会話に入ってくる。
「今日の亜瑚ちゃん、今までで一番綺麗だよ！」
「へへ、ありがとう、拓ちゃん」
「亜瑚ちゃんの旦那さん、さっきちらっと見えたんだけど、すっごくイケメンだった……！　亜瑚ちゃん、よくあんなイケメンゲットしたね！」
「ふふ、ゲットって～」
　目を輝かせて興奮する拓ちゃんに、思わず吹き出してしまう。
　すると、玲奈がくいくいと拓ちゃんのスーツを引っ張った。
「ほら、拓也。そろそろ行きましょう。おじさんとおばさんと積もる話もあるでしょうから」
「それもそうだね……！　じゃあ、亜瑚ちゃん、チャペルで待ってるね！」

「じゃあね、亜瑚。また」
「うんっ。ありがと〜！」
　控え室を出ていく玲奈と拓ちゃんに手を振り、見送る。
　バタンとドアが閉まり、一瞬訪れた静寂を破ったのは、ずっとニコニコしながら見守っていたお父さんだった。
「亜瑚、おめでとう」
「ありがとう」
「ずっと、この結婚が正しかったのか……悩んでいたが」
「お父さん」
　政略結婚のことを謝ろうとする気配を察し、私はお父さんの言葉を遮った。
「私、結婚して幸せだよ。最初は家のためだったけど、今は湊の隣にいられることが幸せで、湊に出会えたことに感謝してる」
「亜瑚……」
「私たちも、お父さんとお母さんみたいな、いつまでも笑い合っていられる温かい夫婦になるね」
　そう言って満面の笑みを浮かべれば、鼻をすすっていたお母さんにぎゅっと優しく抱きしめられた。
「本当に素敵な奥さんになったね、亜瑚」
「えへへ、ありがとう」
　久しぶりに感じるお母さんの温もりに、じんと鼻の奥が痛んだ時。控え室のドアがノックされ、スタッフさんが顔を出した。
「親御様、式の流れについて説明させていただきたいこと

があるのですが、よろしいでしょうか」
「はい」
　スタッフさんに返事をしたお父さんが、こちらを向く。
「先輩が、亜瑚と話したいって言っていたから、ここに来るかもしれない」
「うん、わかった」
「じゃあ、ちょっと行ってくるね」
　スタッフさんの誘導で、お父さんとお母さんが控え室を出て行く。
　すると、ほどなくして再び控え室のドアがノックされた。
「はい、どうぞ」と声を掛けると、ドアが開く。
「失礼します」
　品のいい低い声とともに姿を現したのは、湊のお父さんだった。
「おはようございます、お義父さん」
「亜瑚さん、おはよう」
　立ち上がろうとすると、そのままでいいよと優しく牽制された。私はその気持ちに甘えて、椅子に座ったままお義父さんを見上げる。
「ドレス、とても似合っているね」
　湊に似ているという印象は持っていなかったけど、眉を下げて目を細める笑い方が、似ていると感じる。
「えへへ、ありがとうございます」
「湊はね、君に出会って本当に優しく笑うようになったんだ。亜瑚さん、湊の隣にいてくれてありがとう」

「いえ、そんな……！　こんなおっちょこちょいに愛想尽かさずにいてくれて、お礼を言うのは私の方です！」
　また眉を下げて可笑しそうにはは、と笑い、その笑顔の余韻を残したまま、問いかけてくる。
「昨日、湊と一緒に妻のお墓参りに行ってくれたんだって？」
「はい」
「珍しく湊から電話があってね、お墓参りに行けたって報告されたんだ」
「そうだったんですね……」
　不意に、お義父さんが笑顔を潜め、声のトーンを落とした。
「……私は、湊に対して妻と同罪だと思ってる」
「え……？」
　不意に、祐馬くんから聞かされた、湊の過去の話がよみがえる。
「一緒にいなかったから気づけなかっただなんて、そんなのは言い訳にはならない。小さい頃、湊が働いているお父さんが好きだと言ってくれてね。その父親像だけは守りたいと思って必死に働いてきたけど、それが正しかったのかどうか……」
「お義父さん……」
　湊だけじゃなく、お義父さんもきっと、あの日に囚われ続けているのだろう。
　お義父さんが、きゅっと体の横で拳を握りしめる。

「私は父親失格なんだ」
　お義父さんの口からこぼれたあまりにつらいその響きに、きゅっと胸が締めつけられる。
　……違う。違うのに。
　気づけば、思いが声となってあふれていた。
「湊は、お義父さんのことを話す時、決まってすごく穏やかな顔になるんです。その表情を見るたび、湊はお義父さんのこと、すごく尊敬してるんだなって……。だから、湊は父親失格だなんて少しも思っていないはずです」
「……っ」
　自分の気持ちが、ちゃんと言葉になっているかわからない。だけど、伝えなきゃいけないと思った。
「湊はちゃんと、自分を思ってくれているお義父さんの優しさをわかっていますよ。だから湊もお義父さんに似て、自分のことより相手のことを優先する、すごく素敵で心優しい人です」
　私は自分の思いの強さをしっかり示すように、お義父さんをまっすぐ見つめ、揺るがない声で言った。
「湊くんを私にくれて、ありがとうございました。これからは、私に湊くんを幸せにさせてください」
「ふ……」
　我慢しきれなくなったというように、お義父さんの嗚咽がもれた。
「ありがとう、本当に、ありがとう……」
　お礼をくり返すお義父さんにハンカチを貸す。

背中を丸め、肩を震わせて涙を流すお義父さんの姿を見ていたら、私の目頭もジンと痛みを伴う熱を持って。
「ちょっと、外に出てきますね」
　そう声を掛けて、控え室を出る。
　バタンと閉じられたドアを背に、涙をこらえるようにぐっと下唇を噛みしめた時。
「……亜瑚」
　そんな声とともに、横から腕を掴まれる。
　視線が、壁に寄りかかって立っていた湊の姿を捉えた次の瞬間、私の体は抱きしめられていた。
　なにかを必死にこらえているような、この感じは。
「湊……聞いてた？」
「……ん、聞いてた」
　私の肩に顔を埋める湊の背に、そっと腕を伸ばす。
「もう、一生離してやれない」
　甘い言葉は、潤みを帯びた声で奏でられる。
「望むところだよ」
　笑顔をこぼしてそう返せば、そっと体が離れ、腰に手を回したまま、柔くカーブを描いた瞳が私を見つめた。
「亜瑚と家族になれて、本当によかった」
　湊の言葉に、湊と家族になってすぐの頃のことを思い出し、涙腺が緩む。
「亜瑚。ずっと俺の隣にいて。亜瑚の笑顔を見逃さないように、亜瑚のさみしさをすぐに拭えるように」
「うん……っ。一番近くにいる。これからもずっとずっと、

湊におかえりを言うからね」
　涙をこらえてそう言えば、花が咲くように湊の表情が綻んだ。

　そして、式が始まった。
　神父さんが、私の隣に立つ湊に問いかける。
「新郎、如月湊。あなたはここにいる如月亜瑚を病める時も健やかなる時も、愛することを誓いますか？」
「誓います」
　聞き慣れたはずの湊の声が、いつもより凛とした声音で、特別な意味を持って響く。
　ふと、修学旅行中にふたりで結婚式の練習をした時のことを思い出す。
　私たち、ようやくここまで来たんだ……。そう思うと感慨深さが込み上げてきて。
　次に、神父さんは私の方を向いた。
「新婦、如月亜瑚。あなたはここにいる如月湊を病める時も健やかなる時も、愛することを誓いますか？」
「……誓います」
　感激で声が震えそうになるのを抑え、答える。
「それでは、指輪の交換を」
　神父さんに誘導され、指輪の交換に移る。
　湊に向き合い、手袋を外すと、その手を湊が優しく取ってくれた。そして薬指に指輪をはめていく。
　湊に指輪をはめてもらうのも二度目だ。目の前の景色が

過去とリンクし、私たちが積み重ねてきた日々を感じて、胸が熱くなる。
　私も湊の手を取り、薬指に指輪をはめる。ふたりの左手薬指にサイズ違いのお揃いの指輪が、きらりと光った。
「それでは誓いのキスを」
　神父さんの声に、甘く鼓動が高鳴る。
　湊の手が伸びてきて、そっとベールを持ち上げた。
　目の前を覆っていた薄いレースが取り払われ、クリアになった視界に湊の姿が映る。
　瞳の中の湊が、そっと柔らかく微笑んだ。
「綺麗だよ、俺の花嫁さん」
　そして、湊の唇と私の唇とが、甘く重なった。
　未来を祝福するかのような荘厳な鐘の音が降り注ぐ中、私たちは永遠の愛を誓い合った。

　　　　　　　　　　　　　　　　　Fin.

あとがき

初めまして、こんにちは！ ＳＥＬＥＮです。
このたびは『クールな同級生と、秘密の婚約!?』をお手に取ってくださり、本当にありがとうございます！

亜瑚と湊の物語はいかがでしたか？
私が初めて書いた作品であり、まさかこの作品が書籍化という機会に恵まれるとは想像もしていなかったので、お話をいただいた時は非常に驚きました……！
でも、最初に感想をいただいた時のことは今もよく覚えていますし、初めて野いちごサイト上のランキングで1位になった作品でもあり、自分にとって感慨深いこの作品を書籍という形にしていただけることは、非常に光栄で幸せです。
執筆作業にあたっては、もともとの文字数が少なかったり、数年前の作品ということもあって修正箇所だらけだったりと、担当編集様にはたくさんご迷惑をおかけしてしまいましたが、番外編2本と新規の章も、もりもり追加することができ、サイト版よりも充実した書籍になったのではないかと思っています！
とくに、本編ではいろいろなことをすっ飛ばして結婚という流れになってしまったので、書籍ではちゃんと最後に式を挙げさせてあげられてよかったなと思います。

この作品は、今までで一番甘々な仕上がりとなりました。同居をはじめ、いろんなシチュエーションを詰め込んでみましたが、楽しんでいただけたでしょうか。
　家族の温もりを知らずトラウマを抱えていた湊ですが、天真爛漫な亜瑚とだからこそ、心からおたがいを愛し合う夫婦になれたのだと思います。
　ふたりの姿に、ほんの少しでもきゅんとしていただけていたら、幸いです♪

　最後になりましたが、書籍化に伴い多くの方に尽力いただきました。スターツ出版の皆様。担当編集者の若海瞳様。イラストを描いてくださいました加々見絵里様。デザイナーの金子歩未様。心より感謝申し上げます。本当にお世話になりました。
　そして『クールな同級生と、秘密の婚約!?』を読んでくださいました、読者の皆様。こうして5回目の書籍化の機会をいただけたのも、作品を読んでくださったり、応援してくださったりする皆様のおかげです。感謝してもしきれません。
　本当に、本当にありがとうございました！

2018.12.25　SELEN

この物語はフィクションです。
実在の人物、団体等とは一切関係がありません。

SELEN先生への
ファンレターのあて先

〒104-0031
東京都中央区京橋1-3-1
八重洲口大栄ビル7F

スターツ出版（株）書籍編集部 気付
SELEN先生

クールな同級生と、秘密の婚約!?

2018年12月25日　初版第1刷発行
2020年11月12日　　　第2刷発行

著　者	SELEN
	©SELEN 2018
発行人	菊地修一
デザイン	カバー　金子歩未（hive&co., ltd.）
	フォーマット　黒門ビリー&フラミンゴスタジオ
DTP	朝日メディアインターナショナル株式会社
編　集	若海瞳
発行所	スターツ出版株式会社
	〒104-0031 東京都中央区京橋1-3-1　八重洲口大栄ビル7F
	出版マーケティンググループ　TEL03-6202-0386
	（ご注文等に関するお問い合わせ）
	https://starts-pub.jp/
印刷所	共同印刷株式会社
	Printed in Japan

乱丁・落丁などの不良品はお取り替えいたします。上記出版マーケティンググループまでお問い合わせください。
本書を無断で複写することは、著作権法により禁じられています。
定価はカバーに記載されています。

ISBN 978-4-8137-0588-8　C0193

読むたび何度でも恋をする…全力恋宣言！
毎月25日はケータイ小説文庫の日♥

心に沁みるピュアラブやキラキラの青春小説、
「野いちご」ならではの胸キュン小説など、注目作が続々登場！

ケータイ小説文庫　2018年12月発売

『クールな同級生と、秘密の婚約!?』 SELEN・著
                                            セレン

高2の亜瑠は、実家の工場を救ってもらう代わりに、大企業の御曹司と婚約することに。相手はなんと、クールな学校一のモテ男子・湊だった。婚約と同時に同居が始まり戸惑う亜瑠。でも、眠れない夜は一緒に寝てくれたり、学校で困った時に助けてくれたり、本当は優しい彼に惹かれていき…？
ISBN978-4-8137-0588-8
定価：本体590円+税

ピンクレーベル

『天ヶ瀬くんは甘やかしてくれない。』 みゅーな**・著

高2のももは、同じクラスのイケメン・天ヶ瀬くんのことが好きだけど、話しかけることすらできずにいた。なのにある日突然、天ヶ瀬くんに「今日から俺の彼女ね」と宣言される。からかわれているだけだと思っていたけれど、「ももは俺だけのものでしょ？」と独り占めしようとしてきて…。
ISBN978-4-8137-0589-5
定価：本体590円+税

ピンクレーベル

『新装版 てのひらを、ぎゅっと』 逢優・著
                                      あゆ

彼氏の光希と幸せな日々を過ごしていた中3の心優は、突然病に襲われ、余命3ヶ月と宣告されてしまう。光希の幸せを考え、好きな人とは別れようと嘘をついて病と闘う決意をした心優だったけど…。命の大切さ、人との絆の大切さを教えてくれる大ヒット人気作が、新装版として登場！
ISBN978-4-8137-0590-1
定価：本体590円+税

ブルーレーベル

ケータイ小説文庫　好評の既刊

『好きになれよ、俺のこと。』SELEN・著

高1の鈍感&天然な陽向は、学校1イケメンで遊び人の安堂が告白されている場面を目撃‼ それをきっかけにふたりは仲よくなるが、じつは陽向は事故で一部の記憶をなくしていて…？　徐々に明らかになる真実とタイトルの本当の意味に大号泣‼　第10回ケータイ小説大賞優秀賞受賞の切甘ラブ‼

ISBN978-4-8137-0112-5
定価：本体580円+税

ピンクレーベル

『オオカミ系幼なじみと同居中。』Mai・著

16歳の未央はひょんなことから父の友人宅に居候することに。そこにはマイペースで強引だけどイケメンな、同い年の要が住んでいた。初対面のはずなのに、愛おしそうに未央のことを見つめる要にキスされ戸惑う未央。でも、実はふたりは以前出会っていたようで…？　運命的な同居ラブにドキドキ！

ISBN978-4-8137-0569-7
定価：本体610円+税

ピンクレーベル

『キミが可愛くてたまらない。』＊あいら＊・著

高2の真由は隣に住む幼なじみ・煌貴と仲良し。彼はなんでもできちゃうイケメンで女子に大人気だけど、"冷血王子"と呼ばれるほど無愛想。そんな煌貴に突然「俺のものになって」とキスされて…。お兄ちゃんみたいな存在だったのに、ドキドキが止まらない‼　甘々120%な溺愛シリーズ第1弾！

ISBN978-4-8137-0570-3
定価：本体590円+税

ピンクレーベル

『俺の愛も絆も、全部お前にくれてやる。』晴虹・著

全国でNo.1の不良少女、通称"黄金の桜"である泉は、ある理由から男装して中学に入学する。そこは不良の集まる学校で、涼をはじめとする仲間に出会い、タイマンや新入生VS在校生の"戦争"を通して仲良くなる。涼の優しさに泉は惹かれはじめるものの、泉は自分を偽り続けていて…？

ISBN978-4-8137-0551-2
定価：本体590円+税

ピンクレーベル

ケータイ小説文庫 2019年1月発売

『新装版 ユーレイの瞳に恋をして』Mai・著

中学最後の夏休み前夜、目を覚ますとそこには…なんと、超イケメンのユーレイが!! ヒロと名乗る彼に突然キスされ、彼の死の謎を解く契約を結んでしまったユイ。最初はうんざりしながらも、一緒に過ごすうちに意外な優しさをみせるヒロにキュンとして…。ユーレイと人間、そんなふたりの恋の結末は!?

ISBN978-4-8137-0613-7
予価:本体500円+税

ピンクレーベル

『総長に恋したお嬢様(仮)』Moonstone(ムーンストーン)・著

玲は財閥の令嬢で、お金持ち学校に通う高校生。ある日、街で不良に絡まれていたところを通りすがりのイケメン男子・憐斗に助けられるが、彼はなんと暴走族の総長だった。最初は怯える玲だったけれど、仲間思いで優しい彼に惹かれていって……。独占欲強めな総長とのじれ甘ラブにドキドキ!!

ISBN978-4-8137-0611-3
予価:本体500円+税

ピンクレーベル

『溺愛120%の恋♡第2弾』*あいら*・著

高1の莉子は、女嫌いで有名なイケメン生徒会長・湊先輩に突然告白されてビックリ! 成績優秀でサッカー部のエースでもある彼は、莉子にだけ優しくて、家まで送ってくれたり、困ったときに助けてくれたり。初めは戸惑う莉子だったけど、先輩と一緒にいるだけで胸がドキドキしてしまい…?

ISBN978-4-8137-0612-0
予価:本体500円+税

ピンクレーベル

『キミに捧ぐ愛』miNato(ミナト)・著

美少女の結愛はその容姿のせいで女子から妬まれ、孤独な日々を過ごしていた。心の支えだった彼氏も浮気をしていると知り、絶望していたとき、街でヒロトに出会う。自分のことを「欠陥人間」と言う彼に、結愛と似たものを感じ惹かれていく。そんな中、結愛は隠されていた家族の秘密を知り…。

ISBN978-4-8137-0614-4
予価:本体500円+税

ブルーレーベル

書店店頭にご希望の本がない場合は、
書店にてご注文いただけます。